Isabelle Serve

# Par la vie écorchée

ISBN numérique : 979-10-262-1382-6

EAN papier : 9791026213833

librinova

Courriel : contact@librinova.com
Internet : www.librinova.com

## Peau de chagrin

*"Le chagrin, parfois, ça vous tanne le cuir si profond qu'on est tout souple et doux après."*
Marie-Sabine Roger

## Dieu n'existe pas

Rencontrer l'homme de sa vie à la photocopieuse, Isabelle pensait que ça n'arrivait que dans *Elle* ou les romances en vogue. Devoir son bonheur à un "bourrage papier" n'est certes pas d'un romantisme ébouriffant ! C'est pourtant le cheveu en bataille, furax et cognant sur cette machine qui crachouillait des bouts de son dossier qu'elle avait rencontré Fabrice, venu à son secours, l'œil de velours et la voix caressante. Deux heures plus tard, ils déjeunaient au Perroquet vert, trois jours après, ils partageaient leur tiroir à chaussettes, leur grille-pain et ce satané ballon d'eau chaude beaucoup trop petit.

*Le contrôleur du TGV la tire brutalement de sa pâteuse torpeur pour vérifier son billet. Refermer les yeux, retourner dans ses souvenirs et oublier où l'emmène ce train d'enfer et ce qu'elle va faire à Lyon... Surtout ne pas réveiller cette douleur qui a pris toute la place dans sa vie, dans sa tête, dans son corps depuis dix jours.*

Un mois qu'ils étaient ensemble, mais l'impression de le connaître depuis la nuit des temps, de l'avoir reconnu, il était tout ce qu'elle attendait, il comblait tous ses manques et, sentiment inconnu jusqu'alors, lui faisait sentir qu'elle était importante, essentielle à sa vie. Elle l'avait aimé à la première seconde, le beau regard sombre et brûlant de Fabrice lui disait qu'il ressentait la même chose. Elle avait rencontré son âme-sœur.

*« Nous vous informons que le bar est ouvert voiture 12... » Jean-Pierre lui propose d'aller boire quelque chose, le regard*

*inquiet. Boire ? Manger ? Depuis quand n'a-t-elle rien avalé de solide ? À quoi bon ? « Tu es gentil, mais je préfère me reposer, la journée va être difficile, et j'ai besoin de.. », elle ne parvient pas à finir sa phrase. Vite, refermer les yeux, ne pas craquer, il faut tenir, tenir encore quelques heures.*

C'est au cours d'un dîner joyeusement arrosé que Jean-Marc et Caroline avaient lancé l'idée. Il y avait à quelques kilomètres de Paris un centre de parachutisme qui organisait des journées d'initiation. Fabrice était surexcité, Isabelle beaucoup moins. Elle avait déjà des nausées quand elle se perchait sur un escabeau, alors sauter en parachute, c'était surréaliste ! Ils étaient tous très emballés, et elle avait tellement envie que Fabrice soit fier d'elle qu'elle avait fini par accepter. « Ok, je m'occupe de tout et on fait ça quand vous rentrez de Crète fin juillet », avait conclu Jean-Marc, lui aussi survolté.

*Isabelle court dans le couloir et va vomir dans les toilettes. Elle se regarde dans la glace. C'est bien elle ce spectre verdâtre aux yeux bouffis, au bord de la folie ? Toujours les mêmes questions, cette culpabilité monstrueuse : pourquoi a-t-elle accepté ? Pourquoi est-ce elle qui est dans ce train ? Elle regagne sa place, soulagée que les autres soient partis boire un café. Vite, refermer les yeux...*

Une semaine rien qu'à eux. Déterminantes les premières vacances avec l'homme qu'on aime. Se voir vingt-quatre heures sur vingt-quatre, accorder ses biorythmes, faire les premières concessions : « Ok, on fait un tennis, mais après on va buller sur la plage », « je te laisse lire ton bouquin, mais après j'ai droit à une sieste crapuleuse »... Puis les petites manies, les mesquineries, les silences pesants, voire l'ennui. Cette fois, rien de tout cela : l'osmose, les baignades au petit matin sur la plage déserte, les après-midi torrides dans la chambre, les fous rires au dîner, les nuits à refaire le monde, à raconter ses chagrins, les griffures de la vie, à parler mariage et bébé, conjuguer l'avenir, enfin. Une semaine passée comme dans un rêve, peau contre peau, vite, si vite, atrocement vite maintenant qu'elle y repense.

Au retour, bronzés, amoureux comme jamais, ils avaient signé pour un appartement superbe, largement au-dessus de leurs moyens – mais c'est ainsi qu'ils vivaient. Il y avait une pièce insonorisée, idéale pour mettre le piano où Fabrice composerait et jouerait les crooners, comme il l'avait fait le premier soir en lui chantant *Bakerlooline*, qu'il avait composée et que, depuis, elle écoutait en boucle. Quelle midinette ! Elle avait fondu quand il lui avait servi son numéro bien rodé de musicien romantique. Il était irrésistible, et elle n'avait pas eu l'intention de résister. C'est entre deux coupes de champagne que Jean-Marc avait appelé : le grand saut était prévu le week-end suivant. « Fabrice, ressers-moi, je commence déjà à avoir la boule au ventre là… » Il s'était moqué d'elle, puis l'avait rassurée, lui disait qu'il n'y avait aucun risques, que tant qu'ils étaient ensemble, rien ne pouvait arriver… Qu'est-ce qu'il pouvait bien arriver ?

*Isabelle rouvre les yeux et constate qu'elle est toujours seule. Elle ne supporte plus le regard des autres, elle sait que son visage dévasté et son corps qui semble se dissoudre les met mal à l'aise. Le malheur, quand il est à ce point visible, palpable, fait peur, comme une maladie contagieuse.*

Cent fois, elle s'est repassée le film de la journée, et c'est toujours la même incompréhension, la même douleur mêlée de colère, de rancœur et cette envie irrépressible de hurler, de faire sortir cette horreur qui est en train de lui dévorer les entrailles et le cerveau.

Ce 29 juillet, il fait une chaleur accablante. Ils ont suivi le cours toute la journée : répéter les gestes, examiner le matériel, se rassurer en voyant que tout est parfaitement verrouillé par des gens extrêmement professionnels, blaguer pour se donner du courage, sentir l'adrénaline couler dans leurs veines. Puis l'heure arrive, c'est à leur tour de monter dans le petit avion avec l'instructeur. Isabelle est moite, le cœur battant la chamade, mais les autres sauts se sont bien passés, il n'y a pas de raison de s'inquiéter. En feignant la bonne humeur, elle suit Fabrice, heureux comme un gosse.

L'avion est à la bonne altitude, Caroline et Jean-Marc sautent. C'est au tour d'Isabelle, que Fabrice encourage et rassure ; elle voit dans ses yeux à quel point il est fier d'elle et quand elle plonge, elle l'entend lui crier : « Je t'aime Moue d'chat ! » Il l'appelle toujours comme ça lorsqu'elle boude.

Le saut dans le vide ne dure pas longtemps, mais cette chute libre lui semble une éternité. Enfin, le parachute s'ouvre ; évidemment, elle a totalement oublié ce qu'elle doit faire pour se diriger et elle est déportée au bout du monde. Le sol arrive à une vitesse monstrueuse. « Je vais m'écraser comme une merde, ou me péter les deux chevilles dans le meilleur des cas », pense-t-elle en maudissant le jour où elle a accepté ce truc délirant. La voilà affalée dans un champ, avec le parachute en corolle, qu'elle tente de ramasser comme on lui a montré, sauf qu'elle a les jambes qui flageolent, qu'elle en a ras-le-bol, envie d'un bain et que ce matériel pèse des tonnes ! « À partir de maintenant, le seul sport extrême que je pratiquerai, c'est la pétanque ! » Il y a vraiment des gens que ça excite ce genre d'expérience ? Elle a détesté et jure qu'on ne l'y prendra plus, même pour faire plaisir à son chéri. Après avoir marché douze mille kilomètres, la gorge en feu, le corps trempé, elle distingue enfin le centre et aperçoit de la fumée au loin.

C'est quand elle voit deux types accourir vers elle pour la délester du matériel, l'œil inquiet, qu'elle sent une angoisse l'étreindre. Sur l'esplanade du centre, les gens sont pétrifiés, blêmes, certains pleurent. Elle fonce sur Caroline et Jean-Marc, livides. « Qu'est-ce qui se passe ? » Un silence glacial, des yeux gênés qui fixent le sol. Isabelle, affolée, se met à crier. « Mais qu'est-ce qui se passe ? Jean-Marc, il est arrivé quelque chose ? C'est quoi cette fumée ? » Caroline ne dit rien, elle laisse son mari faire le sale boulot. « L'avion s'est écrasé après avoir heurté quelqu'un. On se sait pas si c'est Fabrice ou l'instructeur... Ils sont partis voir en attendant les pompiers et les ambulances. Isa, calme-toi, je suis sûr qu'il va bien. »

Une terreur absolue l'envahit et la cloue sur place, un pressentiment affreux, Fabrice a eu un accident, elle le sait ; dans tout son corps, elle le sait. Elle perçoit les sirènes comme dans un brouillard, le temps s'étire, elle ne sent plus rien, ni la fatigue, ni la soif, ni la chaleur. Juste l'impression d'être un bloc de marbre glacé. Des gendarmes arrivent sur eux, les ambulances ont déjà filé, on les fait asseoir. Elle aperçoit l'un des gendarmes parler à une jeune femme qui s'écroule à terre en sanglotant.

Elle est tétanisée, perçoit des mots : « Deux morts... votre ami est vivant... a fait une chute terrible... attendre l'avis des médecins... » Comme un automate, elle monte dans une voiture avec Caroline et Jean-Marc, personne ne peut émettre un son. À l'hôpital, c'est encore l'attente dans une salle grisâtre et sinistre, comme pour préparer au pire. Isabelle cherche quelques pièces pour appeler quelqu'un, sa grand-mère. Il faut qu'elle parle sinon elle va devenir folle. « Allô, mamie ? Fabrice a eu un accident, je suis à l'hôpital. Mamie, j'ai si peur, je ne comprends pas ce qui se passe. »

Ses jambes se dérobent, elle lâche le combiné, les larmes coulent, elle a le sentiment qu'elles ne cesseront plus de couler.

Un chirurgien arrive et s'adresse à elle. Fabrice est vivant, il a un traumatisme crânien, probablement dû au choc de l'avion, et les deux jambes brisées. L'équipe de chirurgie doit ouvrir pour évaluer les blessures internes. La silhouette bleue repart, Isabelle est soulagée, elle ne comprend pas encore qu'elle est passée de l'autre côté du miroir. Elle n'a rien voulu entendre des réserves du chirurgien, ni des doutes de Caroline ou de Jean-Marc. Elle leur dit que même si Fabrice reste paralysé, dès qu'il ouvrira les yeux, elle le demandera en mariage. Jean-Marc la prend dans ses bras. « Isa, les pompiers ont dit que Fabrice avait probablement fait une chute de plusieurs centaines de mètres. C'est très grave. Isa, personne ne peut se remettre de ça. » Mais Isabelle est ailleurs, refuse l'évidence. « Il est jeune, en pleine santé, il va se remettre, il ne peut rien arriver puisque je l'aime, on a trouvé un super appartement, je vais bientôt le voir, il faut que je lui dise que je l'aime. Son cœur bat. Je l'aime… » Comme une délirante litanie.

Combien de temps ? Elle ne sait plus, elle ne sait pas non plus comment elle est arrivée dans ce bureau, devant ce monsieur aux cheveux grisonnants, à l'air grave, qui lui parle tout doucement. Et c'est tout doucement qu'il lui annonce que Fabrice est mort. Tout doucement qu'il lui dit qu'ils n'ont rien pu faire, en dépit de ce cœur qui s'obstinait à battre, que les blessures étaient bien trop graves. Isabelle entend un sanglot derrière elle, c'est Jean-Marc. Et puis des cris inhumains… c'est de sa gorge qu'ils sortent. Est-il possible d'avoir mal à ce point ? Elle hurle, longtemps, puis c'est le silence, comme un voile glacé.

Les jours suivants, même abrutie de médicaments, elle

a mal dans sa chair, dans ses os, ne peut penser à rien d'autre qu'à ça : il est mort. C'est elle qui doit l'annoncer aux parents de Fabrice, à ses amis, au bureau. Il est mort, mort… le dire, le redire, raconter, prévenir tout le monde. Et, enfin, se taire. Rester recroquevillée dans son lit, ne plus voir personne, ne pas répondre au téléphone, juste se lever de temps en temps pour écouter les messages sur le répondeur. Les paroles de soutien et de réconfort lui paraissent si dérisoires, inutiles, parfois déplacées. Celle-là, prétendument bouddhiste, décrète que Fabrice, dans une autre vie, a dû faire des choses terribles pour qu'il meure si jeune et si violemment, mais qu'il a racheté son karma. Celui-ci lui dit qu'avec le temps, le chagrin s'atténue, qu'elle a la vie devant elle… Devant elle ? Il n'y a plus que ce tunnel dans lequel elle s'engloutit, un boyau sombre, nauséabond et cauchemardesque, où elle n'entrevoit ni lumière, ni issue.

Ses amis ont tenté de l'en dissuader, mais elle doit aller à la morgue. Comment pourrait-elle laisser partir son amour tout seul ? Il faut qu'il sache qu'elle est là, près de lui, pour toujours. Il repose, étendu, son beau visage intact est enveloppé d'un bandage. Elle embrasse son front, ses lèvres. C'est froid. Elle est saisie d'une telle terreur, d'une telle douleur qu'elle manque d'uriner dans son pantalon. La mort a une odeur. Maintenant qu'elle lui a soufflé son haleine fétide et glaciale, elle sent son cœur comme enveloppé d'un manteau de givre. Un froid qui ne la quittera plus désormais, une anesthésie du malheur inoculée pour l'éternité.

« *Mesdames et messieurs, nous arrivons dans quelques minutes en gare de Lyon-Perrache. Lyon-Perrache, dix minutes d'arrêt.* »

Voilà, c'est la fin du voyage. Aujourd'hui, on enterre

l'homme de sa vie. Rassembler ce qu'il lui reste de force, retenir les sanglots, se concentrer pour réussir à marcher vers cette église où il y a un monde fou. Jean-Pierre, le meilleur ami de Fabrice, est assis à côté d'elle, lui tient la main, lui broie la main. L'église est pleine, le silence y est pourtant assourdissant. Quand le curé annonce que Fabrice désormais est dans la chaleur et la paix de Dieu, Jean-Pierre l'emmène dehors, car Isabelle a une envie irrépressible, celle de hurler que c'est auprès d'elle qu'il devrait être, que ce curé ne raconte que des conneries ! En paix ? On est en paix quand on meurt à 25 ans, dans des circonstances atroces ? On est en paix quand on vous vole votre vie, quand on vous enlève à ceux que vous aimez, quand il n'y a plus d'avenir, plus de projets, qu'il n'y aura jamais de mariage, de bébés ? Quand on ne laisse que chagrin, désespoir et folie derrière soi ?

Plus tard, c'est en suivant le cortège, ce long serpent noir, ressemblant à une cohorte de cafards, sous un soleil de plomb, qu'Isabelle s'avoue enfin qu'elle ne peut pas continuer, elle ne le peut pas, ne le veut pas. Pourquoi vivre ? Pour qui ? Ce 29 juillet, elle est morte avec lui. Mortes l'innocence, la gaieté, l'insouciance, la passion... Répugnant ce corps qui ne peut plus s'alimenter, qui devient osseux, crayeux, qui la dégoûte d'être simplement mort-vivant. Elle n'est plus qu'un douloureux fantôme. Il lui a fallu tenir jusqu'ici, sans trop exposer son encombrant chagrin, sans dire la détestation qu'elle a d'elle-même, la détestation d'avoir survécu, se retenir, se contenir... Mais bientôt, tout sera fini. Elle n'aura plus mal, plus froid, plus peur, elle ne sera plus seule. Plus jamais. Elle aura juste à s'endormir, en avalant ses cachets comme elle le fait depuis des nuits. En forçant juste un peu la dose. Et avec quelques gouttes du parfum de Fabrice imprégnant son oreiller.

Bientôt, tout sera fini, enfin..., la nuit..., l'oubli..., l'oubli...

# Bac to black

— Mon père va me couper les vivres, c'est sûr. Fini l'argent de poche, le petit studio à Saint-Germain, la moto… Il se rend bien compte que je ne fous rien.

Paul est attablé avec Christophe, Babette, Fred et Laura. Après une première catastrophique, il a fini par passer de justesse en terminale grâce à l'achat judicieux de devoirs tout faits, livrés clés en main sur USB. C'est Laura, sa meuf, qui est au cœur de ce petit trafic. Elle est boursière, ne reçoit pas une thune de ses parents et, à partir de la seconde, elle a mis en rapport des "petits génies" désargentés avec des gosses de riches flemmards. Les uns fournissant dissertations, devoirs de math, bref, la panoplie du bon élève, aux autres. Son business marche fort, et en plus de financer ses études, elle est devenue à la fois une mascotte et une fashionista, des fringues et des sacs de créateurs plein ses placards. Ses parents, divorcés, surmenés et souvent absents, n'y voient que du feu.

— Au bac, ça passera pas. C'est dans deux mois, même si je me mettais vraiment à bosser jour et nuit, j'arriverai jamais à rattraper mon retard. Ça veut dire plus de soirées, plus de virées le week-end, franchement, ça me saoule. Je m'en cogne du bac. Je suis jeune, j'ai envie de continuer à m'éclater.

Babette scrute Paul, se tortille nerveusement, puis prend la parole.

— Vous savez que ma mère a dirigé ce lycée il y a quelques années ? Un soir, elle est rentrée bouleversée. J'étais dans ma chambre, mais je l'ai entendue parler à mon père. L'une des élèves de terminale, anorexique, hospitalisée plusieurs fois, totalement à la ramasse, s'était jetée du sixième étage, profitant de l'absence de ses parents. Morte sur le coup évidemment. La fille était ultrapopulaire, la classe, sous le choc. Cellule de crise avec psy et tout le tintouin habituel. Bref, après moultes réunions avec l'inspecteur d'académie, il fut décidé que les élèves de sa classe seraient admis au bac SANS passer l'examen.

— Tu déconnes !
— J'ai l'air de déconner mon chou ?

Un silence de plomb s'installe et une ombre noire flotte au-dessus des Coca.

— Donc, tu veux dire que si quelqu'un cassait sa pipe dans notre classe…
— C'est exactement ce que je veux dire.

Fred reste muet. Ce serait la solution à tous ses problèmes. Contrairement à Paul, son meilleur pote, lui bosse sérieusement. Mais il est lent, manque de concentration, d'organisation. Il n'est pas fichu de rendre un truc qui ne soit pas un torchon, et souvent en retard en plus. Lui non plus n'aura pas son bac, tout besogneux qu'il soit. Il se décide à prendre la parole.

— Vous vous souvenez de la dernière soirée Skins ? Sur un pari débile, j'ai emballé Cécile, le thon rouge, notre tête de Turc. Ce que je vous ai pas dit, c'est que je l'ai vraiment emballée, enfin… j'ai couché avec, quoi.

— Oh, Fred, c'est dégueu, comment t'as pu faire un truc pareil ? Non mais même bourré ! La nana, c'est Sauvez Willy !

Les filles sont dégoûtées, les mecs morts de rire et Fred, de plus en plus songeur. Ce qu'il oublie de dire, c'est que, ivres morts tous les deux, Cécile et lui ont zappé le latex et que cette conne est enceinte. Il l'a appris il y a trois jours, il n'en dort plus car elle refuse d'avorter et s'apprête à en parler à tout le monde.

— J'ai bien une idée, hasarde-t-il. On est tous d'accord pour dire que cette pauvresse de Cécile morfle déjà bien et qu'elle n'a pas fini de prendre cher dans la vie ?

— Ça, c'est sûr. Elle est moche, a un goût de merde, elle est pas sympa et son QI rivalise avec celui d'une mouette !

— Merci Laura de ce bel éloge, ricane Paul.

— Donc, je veux dire que ce serait quasiment lui rendre service que d'abréger ses souffrances…

Christophe, qui assiste médusé à ce délire malsain, se lève de table en les traitant de psychopathes et se barre, furieux.

— Tant mieux, soupire Babette, moins il y a de gens au courant mieux c'est.

— OK, et maintenant, on procède comment. Fred ? Laura ?

— Elle prend la même ligne de métro que moi. Je le sais parce que généralement je fais celle qui ne la voit pas, trop la honte, je fous mon casque et je me planque à l'autre bout du quai. Y a toujours un monde fou sur la 13, une bousculade est vite arrivée.

— Laura, t'es monstrueuse, mais je kiffe trop que tu sois ma meuf !

— Si tout le monde est ok, on fait ça quand ?

— Faut pas qu'on réfléchisse, sinon on va se dégonfler. Je m'en charge ce soir. Après les cours, je la branche et je prends le métro avec elle. Faut qu'on épargne à l'humanité un gosse qui aurait son physique et l'intelligence de son père, hein Fred ?

– T'es vraiment une chiennasse Laura ! C'est pour ça qu'on t'aime.

– Deal ?

– Deal.

*****

– Allô, Fred ?

– Paul ? Qu'est-ce qui t'arrive ? Pourquoi tu chiales ? Paul, répète, je ne comprends pas un mot de ce que tu dis !

– C'est Laura... Je sors du métro, y a des keufs partout. Des mômes m'ont dit qu'il y avait eu une bagarre entre filles sur le quai. J'en viens, Fred, j'ai reconnu la minijupe orange et les bottes sous le drap blanc. Fred, c'est Laura... Mec, c'est Laura qui est passée sous le métro !

Fred raccroche sans dire un mot, pétrifié. Sa vie est foutue. Cécile va tout raconter aux flics. Christophe, ce pleutre, finira par cracher le morceau pour se couvrir, c'est évident.

Il regarde la fenêtre. Lui aussi habite au sixième étage. Alors un dernier geste, pour ses potes.

# Enfermée

— J'ai mal à la tête, ma gorge me brûle. Je suis où ? À l'hôpital ?

— Mademoiselle ?

— Dites-moi où je suis !

— Vous êtes dans un hôpital psychiatrique, mademoiselle. Vous représentez un danger pour vous-même, votre famille vous a fait interner. Vous comprenez ce que je vous dis ?

Ma tête bourdonne, je suis hébétée. Mes parents m'ont envoyée chez les dingues ? C'est pas possible...

— Est-ce que ma mère est là ? Je peux téléphoner ?

— Vous êtes en isolement parce que vous avez fait plusieurs tentatives de suicide. Pas de visites, pas de téléphone. Nous conservons vos objets personnels pour l'instant. Vous prendrez vos repas dans cette chambre. Si vous avez besoin d'aller aux toilettes, frappez à la porte, quelqu'un vous y accompagnera. Des questions ? Non ? Alors, je vous laisse, reposez-vous.

La porte se referme en claquant, bruit de clé dans la serrure... Je ne dors pas, et pourtant c'est un cauchemar. Combien de temps vais-je rester là ? Je ne peux pas appeler, pas écrire, juste me retenir de hurler. Je ne peux même pas faire pipi sans demander l'autorisation. J'ai l'impression de devenir vraiment folle.

La pièce bleue lavasse ressemble à une cellule de prison. Il y fait une chaleur étouffante mais la fenêtre est si haute que je ne peux l'atteindre. Il y a des barreaux, c'est ridicule, il faudrait que je fasse plus de deux mètres pour m'échapper par là ! Juste un lit, un meuble de chevet, une table, une chaise. Tout est scellé par terre, c'est délirant. Je sens que ma raison vacille, je me roule en boule sur le lit, les médicaments m'abrutissent... plus rien d'autre à faire que fermer les yeux. Ne pas voir, ne pas comprendre où je suis, ne pas réaliser qui m'y a envoyée, en toute bonne conscience.

Je me réveille en sueur, il fait plus sombre. Quelle heure est-il ? Ils ont pris ma montre. J'ai soif, j'ai envie d'aller aux toilettes. Je me lève, titubante, nauséeuse. Qu'est-ce qu'ils m'ont filé comme saloperies ? Je me sens mal et apathique malgré cette boule de rage qui me déchire le ventre. Je tape à la porte, j'appelle. Ça dure une éternité avant qu'un infirmier, exaspéré, me demande à travers un petit hublot ce que je veux.

— Il faut que j'aille aux WC.

— Ok, éloignez-vous de la porte, je vous ouvre, mais tenez-vous tranquille.

Quel con, avec ce qu'ils m'ont filé comme médocs, de quoi a-t-il peur ? Que je l'attaque avec mon oreiller ? Je le suis dans le couloir, c'est glauque, ça sent mauvais, j'entends des cris feutrés. Comme dans les films, sauf que cette fois, c'est moi qui suis dans le nid de coucous. Je n'arrive toujours pas à réaliser ce qui se passe.

— C'est là, allez-y et laissez la porte ouverte.

— Pardon ?

— Laissez la porte ouverte, je dois voir ce que vous faites. Vous inquiétez pas, j'en ai vu d'autres.

J'hésite, mais je n'ai pas la force de protester. Il a l'air content de lui, je sens que je vais le détester. Pendant une seconde, je songe à faire pipi dans ma culotte, juste pour l'emmerder. Par peur des représailles, je m'abstiens. Je suis seule, à leur merci, je ne suis plus une personne, je suis un légume sans volonté, dont ils font ce qu'ils veulent. Mon instinct me dit qu'ici, on ne va pas m'aider, que je ne « mérite » aucune compassion.

Je sors des toilettes, me lave les mains, passe de l'eau fraîche sur mon visage. À côté de moi, le garde-chiourme tapote du pied, agacé. De retour dans le couloir, je lui demande si je peux avoir une carafe d'eau, j'ai la gorge en papier de verre. Il grommelle que je dois attendre l'heure du repas, c'est pas l'hôtel ici, il n'a pas que ça à faire !

Il referme à clé derrière moi, je m'effondre en larmes. L'enfer, ce doit être ça. Je ne suis désespérée. Est-ce que mes parents réalisent ce qu'ils me font en me laissant dans cet endroit ? Combien de temps, combien de jours, comment leur dire que je n'ai rien à faire dans ce cauchemar-prison ? Il faut que je parle à quelqu'un. Je frappe de nouveau au hublot, longtemps, je sanglote, je supplie, personne ne vient. Je m'écroule au sol, ça tourne, je ferme les yeux.

Le choc de la porte dans mon dos me réveille. Je me lève, saisie de vertiges. Cette fois, c'est une femme qui entre. Elle semble douce, j'entends à peine ce qu'elle me dit, elle m'apporte un plateau en plastique, avec un verre en plastique, des couverts en plastique, un broc rempli d'eau, toujours en plastique. Je regarde, dépitée : quatre rondelles de tomate, un steak haché dont l'odeur m'écœure, une purée blanchâtre, une compote. Elle me dit qu'il faut manger, voit mes yeux rougis. Pendant un instant, je sens qu'elle comprend à quel point je me sens perdue. Me redit qu'il faut manger, reprendre des forces, passe légèrement sa main sur mon bras. Enfin un être humain. Puis elle file dans un bruit de clés, ce bruit métallique qui va me hanter longtemps.

J'enveloppe la viande dans ma serviette, cette odeur de cadavre est insoutenable. J'ai bien conscience que je suis devenue squelettique, mais manger reste une épreuve. Les tomates me rafraîchissent, la compote passe toute seule. Pour ce soir, ce sera tout. Je suis retournée me coucher quand la jeune femme revient, munie d'un petit pot rempli de cachets que, manifestement, je dois avaler sans contestation possible. Avant qu'elle ne reparte avec le plateau, je l'interpelle.

– S'il vous plaît, je n'ai pas mes affaires de toilette, est-ce que je pourrais prendre une douche, me laver les dents ?

– Je vais appeler quelqu'un, mais c'est l'heure des médicaments, il va falloir attendre.

Attendre, attendre, je n'ai plus que ça à faire désormais. Attendre la douche, attendre pour aller aux WC, attendre les repas, attendre les médicaments. Attendre de pouvoir parler à quelqu'un. Attendre un coup de fil, attendre une lettre, attendre une visite. Attendre de sentir à nouveau l'air du dehors sur mon visage, et non plus cette odeur viciée. Je ne peux pas écrire (pas droit au stylo), je ne peux pas lire, pas écouter de musique, pas sortir de cette cellule oppressante. Je n'ai plus aucun droit, que celui de me taire, de me soumettre.

Cela fait quatre jours que je suis là, dans ma cellule monastique. J'y prends mes repas, si on peut appeler ce qui fige dans mes assiettes un repas. La plupart du temps, j'y somnole, léthargique et mutique. Quand je parviens à m'endormir, je fais d'horribles cauchemars dont j'émerge trempée, grelottante de peur et de chagrin. La nuit, les cris ne sont plus feutrés, ils emplissent l'espace, courent dans les couloirs, glissent sous ma porte et se faufilent jusque dans mon lit. C'est terrifiant.

Seule Nadine, l'infirmière à la voix suave, tente de passer quelques minutes avec moi quand elle le peut. Elle me parle de la météo et commente ce que j'ai réussi à manger.

J'imagine qu'elle n'est pas autorisée à raconter quoi que ce soit d'autre.

Dans la journée, c'est ce type infâme, dont je ne veux même pas connaître le prénom, qui m'emmène aux toilettes, sans jamais oublier de me faire poireauter au moins dix minutes avant d'arriver avec un mauvais rictus, attendant que je fasse une réflexion. La seule fois où j'ai osé en faire une, il m'a menacée d'une piqûre pour me calmer.

Le pire de tout, c'est qu'il m'accompagne à la douche. Oui, pour que l'humiliation de la « folle » soit complète, ce n'est évidemment pas une femme qui est chargée de le faire. Il reste là pendant que je me lave, avec interdiction de tirer le rideau. Je dois me recroqueviller dans la baignoire pour tenter d'éviter son regard qui s'attarde ouvertement sur mon corps, le détaille, le scrute, le jauge, le note sans doute. Un porc. Je fais un effort surhumain pour ne pas l'affronter, pour tenter d'ignorer la brûlure de ses yeux sournois sur ma peau hérissée.

Je suis sortie dix minutes de mon cachot aujourd'hui pour voir la psy, une vieille peau sèche comme un coup de trique qui a l'air beaucoup plus cinglée que moi. Elle m'a confirmé que mes parents avaient signé mon placement, a doublé ma dose de somnifères puis m'a demandé si j'avais besoin de quelque chose. D'abord interloquée, j'ai cru à une plaisanterie. Besoin de quelque chose ? Ben qu'elle m'appelle un taxi pour que je puisse me barrer d'ici par exemple ! Je commence à ouvrir la bouche, mais vu son air revêche, j'imagine qu'elle n'est pas du genre à rigoler. Je lui ai juste demandé si je pouvais sortir un peu dans le parc. « Vous êtes toujours en isolement mademoiselle, et ce, jusqu'à nouvel ordre », a-t-elle sifflé entre ses dents. Je lui trouve la même tête de fouine que l'infirmier voyeur. C'est peut-être sa mère ?

Je retrouve ma cage en pleurant. Les jours passent.

Plus d'une semaine que je dépéris. Je perds peu à peu la notion du temps. Je flotte, je n'ai plus mal, plus aucune volonté. Finalement, ma camisole chimique forme une sorte de cocon qui me protège de l'extérieur. Tout me paraît loin, ouaté. On me traite comme une enfant, on me gronde ou on me récompense d'une confiserie quand j'ai été sage, à savoir quand j'ai fini leur immonde plateau et que j'ai docilement pris mes petits cachets. Je me persuade que ce sont des M&M's, mais aux couleurs pastel.

La seule chose qui me fait reprendre la réalité en pleine figure, qui me tord les boyaux, me sort de ma léthargie devenue si confortable, c'est Lui. Et c'est décidé, dans une heure, il ne sera plus un obstacle à ma vie imaginaire et vaporeuse.

Comme tous les matins, il s'avachit sur cette vieille chaise métallique, bedaine en avant, toujours à me reluquer. Je suis dans la baignoire et laisse sciemment échapper mon savon, qui glisse jusqu'à la porte. Je lui jette un regard innocent et, sans que je dise un mot, il se lève lourdement pour le ramasser. Je jaillis alors de la baignoire puis, comme au ralenti, je me vois saisir la chaise pour lui asséner un coup terrible sur le crâne avec. J'ai l'impression d'avoir soulevé une tonne, je me sens surpuissante. Lui est sonné, j'aperçois du sang jaillir sur son uniforme d'un blanc douteux.

Dopée, survoltée, je le traîne jusqu'à cet endroit où depuis des jours, à cause de lui, je me sens humiliée, salie, souillée, j'attrape le tuyau de la douche, lui enroule autour du cou et serre de toutes mes forces, de toute ma rage, de toutes mes larmes, de tout mon désespoir. Et je hurle.

Quand les autres sont arrivés, Lui gisait à mes pieds, les yeux vides.

J'ai désormais une bonne raison d'être enfermée ici.

# Bête à pleurer

C'est bientôt l'heure de mon numéro. Je suis fatigué de tout cela, de tout ce cirque, de cette fausse bonne humeur affichée en public, alors que derrière le rideau il se passe tant d'atrocités.

Moi, on m'affame pour que je garde la ligne, on me bat quand je ne fais pas ce qu'on me demande, encore et encore. À part le patron, tout le monde ici est maltraité.

Elle, je la couve depuis des mois, elle est merveilleusement belle, gracieuse, agile. Et naïve. Elle est évidemment tombée dans les filets du boss. Sauf que les trapézistes, les écuyères, les acrobates, il couche avec, s'en amuse tel un chat d'une souris, puis il les jette. Avec jubilation et calcul : plus elles sont malheureuses, plus elles prennent de risques. Alors les spectateurs frissonnent, reviennent plusieurs fois et lui compte ses liasses de billets, goguenard.

Ce soir, je passe devant elle. Son doux visage est ravagé par le chagrin, l'autre sadique vient de lui signifier son « congé ». Dans quelques heures, c'est la nouvelle funambule qui dormira dans son lit. J'ai la rage au ventre.

J'entre en piste, un murmure impressionné parcourt les gradins, je sais que j'ai encore fière allure. Le patron est là, dans son costume ridicule, ses immenses chaussures et son faux sourire dessiné sur le visage. Dans ses yeux maquillés, derrière l'apparente bonhomie, je lis la menace si je rate mon saut, et cet air content de lui, celui qu'il affiche tandis qu'il fait pleurer ma jolie voltigeuse.

Afin de provoquer les rires, il se fout grassement de moi,

me provoque, me ridiculise, prend les spectateurs à témoin en leur disant que je suis incapable de sauter à travers ce cercle de feu. Là, quelque chose craque en moi, au lieu de m'exécuter docilement, je lui fonce dessus à toute vitesse, crinière au vent, lui saute à la gorge et le mords de toutes mes forces.

Quand mon dresseur s'est précipité vers moi et a tiré sa flèche anesthésiante, j'avais encore la perruque orange de l'autre salaud dans la gueule. Demain, ils me feront piquer, mais le vieux lion que je suis est mort depuis longtemps dans cet affreux endroit.

Et il faudra qu'ils recrutent un autre clown !

# Park d'attraction

Il fait étonnamment beau et doux en ce début d'après-midi. J'ai encore peu dormi, ce job de veilleur de nuit me bouffe la vie et le cerveau. Il va falloir y remédier.

Je me prépare un solide petit-déjeuner que j'avale avec appétit, prends une douche, m'habille et me dépêche de sortir afin de profiter de cette embellie rare en décembre. Mes pas me mènent presque inconsciemment dans Central Park, où j'achète un petit paquet d'amandes et de cacahuètes destiné aux écureuils. Ils s'ébattent joyeusement au soleil et s'approchent des flâneurs pour réclamer leurs friandises. J'ai vite fait de liquider mes munitions.

Puis je m'allonge sur la pelouse centrale, là où la vue sur les immeubles de l'Upper East Side est si belle. La lumière éclaire superbement le Guggenheim, le teintant d'un subtil orangé. Les yeux mi-clos, je songe à la soirée. Aujourd'hui, c'est son anniversaire. Et 40 ans, cela se fête. J'ai prévu deux cadeaux, ne sachant toujours pas lequel je vais lui offrir. Cet exemplaire rare du livre de Salinger, si cher à mon cœur, ou l'autre surprise, qu'il n'oubliera pas.

Le temps file, il commence à faire frais, la nuit tombe si rapidement en cette saison. À grandes enjambées, je m'éloigne du Park. C'est l'heure où l'on croise les joggeurs accrocs à l'adrénaline, les gosses qui flânent avant de rentrer chez eux et les promeneurs de chiens. Une fin de journée ordinaire. Pourtant, l'excitation commence à monter, la sueur perle à ma nuque et ma poitrine tambourine de battements toujours plus forts.

Alors que je reprends mon souffle en m'appuyant contre un arbre, j'aperçois sa limousine aux vitres teintées qui approche. Il en descend avec elle et ils s'engouffrent tous deux dans le Dakota Building tandis que je traverse la rue dans un brouillard extatique.

Renonçant finalement à lui offrir *L'Attrape-Cœur*, je sors mon revolver 38, me presse dans le couloir à sa suite avant que le vigile n'intervienne et tire cinq fois sur sa silhouette qui me tourne encore le dos. Je lâche mon arme, percevant à peine les hurlements déchirants derrière moi, pour aller m'asseoir tranquillement dehors, sur le rebord du trottoir.

Nous sommes le 8 décembre 1980, je m'appelle Mark Chapman et je viens d'assassiner John Lennon.

# Mère agitée

Aujourd'hui c'est mon anniversaire. J'ai 10 ans.

Comme cadeau, j'avais envie d'un vélo, le beau que j'ai vu dans une vitrine à côté de l'école. Il est noir avec de belles flammes orange dessus. Mais maman veut pas. Elle dit que le vélo c'est dangereux et que des garçons plus grands que moi me taperont pour me le voler.

J'ai demandé un costume de cow-boy mais maman a dit que les cow-boys étaient méchants, ils ont tué tous les Indiens aux Amérique. Et en plus, elle dit que c'est pas bien de jouer aux pistolets.

Alors j'ai juste demandé un ballon pour remplacer l'autre qu'elle m'a confisqué. Moi j'aimais bien jouer avec dans la cour mais ça fait trop de bruit, ça donne mal à la tête à maman. Elle a souvent mal à la tête et elle est souvent couchée dans le noir dans sa chambre.

Quand elle a sa mauvaise tête, je dois jouer tout doucement. Si je fais trop de bruit, elle me crie dessus et je suis puni.

Avant mon goûter d'anniversaire, je voulais aller jouer au square. Mais maman ne veut pas que j'y aille tout seul. Elle dit qu'il y a des grandes personnes qui vont dans les squares et qu'ils enlèvent les enfants pour leur faire de vilaines choses. Et les enfants reviennent plus jamais dans leur maison. Ou alors on les retrouve juste pour les mettre dans des petits cercueils blancs. Ça fait toujours un peu peur ce qu'elle raconte maman.

J'ai bien demandé à maman de m'accompagner mais elle aime pas du tout le square. Ça met du sable dans ses chaussures et elle est obligée de s'assoir sur les bancs. C'est sale. Et elle doit aussi parler avec les autres mamans. Elle aime pas ça parler. Et tous ces enfants qui courent, qui crient, ça la fatigue. Elle est souvent fatiguée ma maman.

Alors elle m'a promis de faire un gâteau pour moi. Je jouais dans ma chambre et j'ai entendu plein de bruits, elle a crié plusieurs fois. Quand elle est venue me voir, j'ai bien vu qu'elle avait pleuré et je crois que le gâteau, elle l'a jeté dans la poubelle.

Elle m'a emmené à la boulangerie pour qu'on en choisisse un autre de gâteau, rien que pour moi. C'est triste parce que personne peut venir pour mon goûter d'anniversaire, ça fait trop de bruit, ça va fatiguer maman. J'ai quand même eu droit à un grand gâteau avec plein de chocolat et la gentille dame qui me donne des bonbons en cachette a même écrit mon nom dessus. Avec de la crème chantilly ! On est passés devant le square et j'ai vu mes copains d'école. Ils s'amusaient bien.

Maman vient de poser le gâteau devant moi, mais elle a mis que 9 bougies dessus. J'ai rien dit parce qu'elle a l'air fâchée. Elle s'énerve, je dois souffler les bougies, vite, pour qu'elle me coupe une part, pas trop grosse pour pas que j'ai mal au cœur. Après je pourrai ouvrir mon cadeau. Je regarde le paquet à côté d'elle, il est tout petit. C'est sûr que c'est pas un ballon. Maman dit que quand j'aurai mangé, elle va aller se coucher. Elle est très fatiguée.

Alors je me suis levé, j'ai pris le grand couteau posé à côté du gâteau et je l'ai planté très fort dans le ventre de maman.

Puis j'ai mis mon anorak et mes gants et je suis allé au square tout seul comme un grand.

Aujourd'hui, c'est mon anniversaire, j'ai 10 ans. Je suis content.

## Sur place et emporté

Je sens que le printemps arrive ; pour la première fois depuis des mois, j'ai été réveillé par le chant des oiseaux. Dans ce petit bois, ils piaillaient joyeusement et, en écartant le rideau, je les ai vus sautiller de branche en branche.

Il fait pourtant à peine jour lorsque je me lève avec difficulté. La couette jetée au pied du lit, je suis parcouru d'un intense frisson tant il fait humide. Le seul convecteur qui fonctionnait encore m'a lâché la semaine dernière. Heureusement, l'un de mes voisins m'a prêté un petit soufflant que j'utilise avec parcimonie.

Tout ce que j'entendais dire sur les gens du voyage avant d'installer ma caravane ici a volé en éclat. En éclats de rire tant ils sont chaleureux avec moi, partageurs, attentifs… Je crois que ma solitude les émeut beaucoup, eux qui vivent en famille, toutes générations confondues. Les anciens me racontent des histoires, merveilleuses ou poignantes, des rencontres au gré de leurs étapes, des pays traversés, des périodes de l'histoire. Les enfants gambadent partout, viennent souvent me rendre visite pour m'apporter de bons petits plats. Le soir, leurs parents insistent pour que je vienne avec eux autour d'un grand feu qui me réchauffe l'âme et le cœur, autour duquel certains jouent de la guitare, tandis que Gilda, à la voix magique, nous enchante et nous envoûte pendant des heures.

Lorsque mon corps amaigri se détend, que mes douleurs sont apaisées par les flammes caressant mon visage, qui lui n'est plus caressé depuis si longtemps, je rejoins ma maison roulante. Elle est modeste, écaillée, cabossée, dépouillée, à l'image de ma vie désormais.

La brûlure du café me sort de ma rêverie, je file sous la douche. Je dois m'y courber car elle n'a manifestement pas été prévue pour accueillir une grande carcasse comme la mienne. J'enfile à la hâte mon uniforme, doublé d'une doudoune, le tout recouvert d'un gilet fluo, aussi ridicule et saugrenu sur moi qu'un costume de majorette.

Je rejoins hâtivement ce long ruban de bitume grisâtre et cette cabane minuscule dans laquelle je m'étiole comme officier de péage depuis trois ans.

Sur cette autoroute des vacances où passent tant de familles excitées de rejoindre le soleil, la plage, le bonheur salé par la mer...

Cette autoroute-tombeau où ma femme et mon adorable petite fille sont mortes, fauchées sur le bas-côté par un chauffard.

Afin de rester près d'elles, c'est ici que je m'éteins inexorablement à mon tour, dans cette cahute, répétant d'une voix métallique, tel un robot, huit heures par jour : *« Bonjour, merci et... bonne route. »*

## Battements d'elles

Serrées l'une contre l'autre, main dans la main, elles attendent. Elles se connaissent depuis leurs 3 ans, ont grandi en un mimétisme étrange, même taille, même poids, mêmes goûts pour la musique, le cinéma, la mode... Leurs mères s'en amusent, elles vont jusqu'à souffrir des mêmes allergies, tombent toujours malades en même temps. Des jumelles de cœur, inséparables. Mêmes goûts pour les garçons aussi, leurs seules disputes, leurs seuls chagrins.

Jusqu'à cette nuit d'Halloween. Organisée dans une immense villa, une fête dantesque, des costumes hollywoodiens, un rêve à la Gatsby le Magnifique. Et du punch. Beaucoup trop. Puis un trou noir le lendemain. Des nausées, mal au ventre, le sentiment diffus, confus, qu'il s'est passé quelque chose de grave.

Elles le sentent dans leur chair, le voient dans leur regard en miroir épouvanté lorsqu'un matin, à la même heure, elles font le test. Positif. Comme un couperet : elles sont enceintes. Avant cette fête, elles étaient vierges et rêvaient de s'offrir pour la première fois à un garçon délicat, attentif. Dont elles seraient amoureuses.

Alors aujourd'hui, dans cette salle aussi livide qu'elles, froide comme leur âme, dans une blouse bleue si fine qu'elles claquent des dents, elles vont se débarrasser de cette souillure. La même.

Ensemble.

# Menu enfant

Encore un soir où Lucie, épuisée par son interminable journée de boulot, à vérifier de petits chiffres notés dans de petites colonnes, dans un petit bureau gris, sous les grognements de son petit chef, n'a pas la force de faire ses courses, pas la force de se préparer un dîner correct.

Ce soir plus que tout autre, parce que c'est la veille de son anniversaire, cette existence lui pèse, sa solitude à hurler lui pèse. Depuis quand n'a-t-elle pas souri ? Depuis quand ne s'est-elle pas sentie légère, gaie, séduisante ? Depuis quand n'a-t'elle pas eu un rendez-vous pour boire un verre, dîner, aller au théâtre ? Elle est peu à peu devenue transparente, dans un monde où il faut briller, parler fort, s'agiter, étaler son intimité trépidante sur les réseaux sociaux, accepter comme "ami" des gens que l'on ne connaît pas, qu'on ne rencontrera jamais, et pourtant les voir vivre par photos interposées, manger, sortir, boire, exhiber des soirées qui puent le cafard, des photos de vacances sinistres, afficher leur statut de célibataire, ou pas. En toute indécence. Lucie, petite souris anthracite, regarde cela, effarée et effrayée.

Pourtant, elle a été de ces vivants-là. Aimée, amoureuse, entourée, chaleureuse. Mais un soir, une mauvaise rencontre, un parking sous-terrain, des coups, l'inconscience... et le réveil à l'hôpital pour découvrir qu'au-delà des bleus et de la douleur ressentie dans tout son être, la silhouette floue et menaçante qu'elle n'est jamais parvenue à identifier l'a marquée au fer rouge. Irrémédiablement. En un tatouage obscène, une souillure indélébile.

Alors sa vie s'est arrêtée. L'amour s'est en allé sur la pointe des pieds, la douleur devenait trop forte. Son ventre est devenu sec, ses yeux aussi. Lucie a changé de travail, a choisi le plus ennuyeux possible, le plus mécanique, dans un endroit aussi terne qu'elle. Une routine qui la protège du monde, une anesthésie générale volontaire et pour toujours.

Elle pousse la porte du MacDo. Son cœur engourdi se met à battre plus vite, "Elle" est là. Trois semaines que Lucie a vu cette petite fille pour la première fois. C'est en commandant son habituel menu Chicken qu'elle a entendu ses pleurs. La mère lui hurlait dessus, hurlant tout à la fois dans son téléphone, trop de couleurs, trop de maquillage, trop de tout. Et à côté d'elle, cette petite poupée apeurée, 4 ans à peine, tombant de sommeil, à qui l'on collait quasiment de force des frites alourdies de ketchup dans la bouche.

C'est la cinquième fois que Lucie assiste quasiment au même spectacle, sous les néons blanchâtres de ce fast-food graisseux. Comme en pilote automatique, elle s'entend dire, contrairement aux autres soirs, année après année, mois après mois, au gré de ses visites furtives dans cet endroit désolant : « Ce sera sur place. » Elle prend son plateau puis s'assied à une table voisine, le regard aimanté par la petite fille, qui fixe sur elle à son tour de grands yeux noirs immenses, intenses, un gouffre éperdu.

— Madame, eh, madame ! Je dois aller aux W.C, vous pouvez surveiller la petite ? C'est tout un cirque à chaque fois, alors je peux vous la laisser une minute ? Clara, tu finis tes frites, t'arrêtes avec ce nounours et tu te tiens tranquille, la dame est là. Je reviens !

La brune tapageuse arrache une peluche hors d'âge des mains de la fillette en soupirant, l'assied violemment au fond de la banquette et s'éloigne en faisant claquer ses talons clinquants, plus intéressée par son smartphone que par la détresse de la petite.

Là, tout se passe en une fraction de seconde, comme une évidence. Clara regarde Lucie, encore plus intensément que les autres fois, une larme comme une paillette d'amour au coin de l'œil, et elle lui tend simplement les bras. Lucie se lève, la soulève, la presse contre elle, attrape le nounours et sort.

Ne pas réfléchir, surtout pas, ni se retourner, marcher, plus vite, s'éloigner, fuir, accélérer, comme s'accélèrent les battements de son cœur. Le sang pulse à nouveau dans ses veines ; contre son ventre mort, la chaleur intense de ce petit corps ; autour de son cou, ces bras qui la serrent fort ; sur son épaule, doucement, cette petite tête brune qui se pose, puis s'endort.

Et le gris s'efface.

# Sonnée

Elle a passé une fin de week-end horrible. Pas faim, la tête lourde, impossible de fermer l'œil la nuit dernière. Elle a épié son mari, ne sachant s'il fallait lui parler. Ou se taire.

Il ne s'est rendu compte de rien, évidemment. Elle est devenue une sorte de meuble pour lui, une pièce du décor. Des mois qu'ils vivent plus comme des colocataires que comme un couple encore amoureux.

Il a constamment des réunions tardives, de plus en plus de déplacements. Il est souvent fatigué, rentre le soir bougon. Cela fait des semaines qu'ils n'ont pas fait l'amour. Et elle agonise dans cette indifférence polie.

Lundi matin. Il est presque 7 heures, elle se lève avant que le réveil ne sonne et file dans la salle de bain. Pas envie de croiser son mari autour du tube de dentifrice. Douchée et rapidement maquillée, elle se hâte de s'habiller. Malgré la douceur automnale, elle ne cesse de frissonner. Elle a l'estomac si serré qu'elle ne peut même pas avaler un thé. Dès qu'elle entend la porte de la chambre s'ouvrir, elle se hâte d'enfiler son manteau et d'attraper son sac à main.

8h30. Elle est dans sa voiture et l'attend.

Elle n'a pas coupé le moteur, et quand elle l'aperçoit au coin de la rue, elle accélère et lui fonce dessus à pleine vitesse. Elle entend l'impact du corps, ne s'arrête pas immédiatement, aperçoit juste quelques mèches de cheveux blonds s'envoler puis, dans le rétroviseur, le corps gisant au milieu de la rue. Le corps voluptueux de Marion Berthier, la jeune secrétaire de Paul, son mari.

Samedi soir, pendant qu'il était sous la douche, son portable a vibré. Et pour la première fois, alors qu'elle est persuadée que Paul la trompe, que ça lui déchire le ventre et la tue à petit feu, prise d'une intuition irrépressible, elle a saisi le téléphone, a ouvert le message. Et a vu Marion, si belle dans son bain, ses seins à peine cachés sous la mousse, moue boudeuse, cheveux dorés relevés en un chignon décoiffé terriblement sexy, et ce regard, mutin, tentateur, destiné à Paul.

Ça l'a crucifiée.

Elle gare la voiture pour attendre la police. Sereine, soulagée. Enfin réchauffée.

# À la vie, à la mort

Le lit est encore chaud de nos ébats lorsque j'entends la porte d'entrée claquer. Comme d'habitude, il est parti sans un mot, alors que j'étais encore assoupie, et je me sens seule, sale. Depuis plusieurs mois, je suis dévorée par cette histoire passionnelle. L'odeur de sa peau me hante, la douceur de ses mains, sa bouche affamée sur mon corps... Même lorsque je travaille, je suis assaillie par ces images à m'en couper le souffle.

Impossible de me concentrer en réunion, je rends tous mes dossiers en retard, je m'absente du bureau de plus en plus souvent sous de faux prétextes ; ma secrétaire n'est pas dupe et, plus grave, mon boss non plus. Mes amis s'inquiètent de me voir si peu et mes parents, quand ils parviennent à m'extorquer un déjeuner dominical, sont à deux doigts de me faire hospitaliser tant je semble absente, fébrile, indifférente à tout. Ils me pensent en pleine dépression.

Je sais que je dois mettre un terme à cette histoire sans issue, car objectivement mon bel égoïste se fout totalement de moi, mais j'en suis incapable. Elle a fière allure la féministe indépendante moquant régulièrement les couples, raillant les femmes énamourées et soumises ! Me voilà réduite à cette petite chose toujours en manque qui réclame son shoot de plus en plus souvent. Je ne pense qu'à lui, ne suis bien qu'avec lui, n'ai besoin que de lui. Pourtant, je dois me contenter de quelques heures arrachées à sa propre vie. Je suis accroc à un homme qui me traite en objet sexuel, prend tout, ne donne rien. C'est bien la peine de militer comme une pasionaria un peu hystérique et d'être abonnée à *Causette* ! La Quiche d'or de l'année devrait m'être attribuée d'office.

Les rares moments durant lesquels je raisonne, je me fais honte. Mais dès que son numéro s'affiche sur mon téléphone, mon cerveau se met en pause. Je n'ai plus alors qu'à me précipiter, quelle que soit l'heure, aux rendez-vous qu'il me fixe, au dernier moment et de façon aléatoire. Je suis devenue pathétique. Au point que je ne peux en parler à personne, encore moins à mes meilleures amies qui penseraient sans doute à une caméra cachée lourdingue si, au cours de nos habituels dîners, je déballais cette piteuse part de ma vie désormais clandestine.

J'ai si souvent chambré Nathalie, bien installée dans son couple harmonieux, terriblement pépère, une vie réglée comme du papier à musique, une musique atone et sans grand relief, teintée d'un brin d'ennui, mais qui ne bouscule pas son petit confort.

J'étais auprès d'Audrey quand, l'an dernier, elle a enfin décidé de divorcer de son pervers narcissique de mari, qui la traitait avec à peu près autant de considération, sinon moins, qu'un des meubles ultra design de leur maison d'architecte, aussi chaleureuse qu'un catalogue de déco. Un jour, elle est arrivée au point de saturation, et dans mon salon par la même occasion, avec ses jumeaux de 5 ans, quelques valises et beaucoup de larmes. Après une convalescence chez moi, elle a tout changé dans sa vie, pris un appart ressemblant à une joyeuse roulotte dans mon quartier, nouvelle école pour les petits, nouvelle coupe de cheveux, garde-robe entièrement relookée, une autre femme. Libérée d'un poids immense, et désormais notre amazone, notre modèle à l'énergie positive contagieuse.

Le dernier membre de notre quatuor est Amandine, qui cumule trois boulots pour s'en sortir, toujours en train de courir de l'un à l'autre avec des horaires impossibles et qui, maigre consolation, va aussi mal que moi. C'est d'ailleurs elle qui interrompt la longue douche chaude sous laquelle je me suis réfugiée, sans parvenir ni à me réchauffer, ni à me laver de cette tristesse insondable collée à moi comme un linge mouillé depuis des semaines.

Enroulée dans une serviette, je décroche, tandis que le sang quitte soudainement tout mon corps. Assise sur la moquette, mes jambes ne me portant plus, je raccroche le téléphone parcourue d'un frisson d'effroi qui me fait grelotter littéralement. Après des mois de chagrin, de menaces, de réconciliations, de rendez-vous chez un conseiller conjugal, en vain, de silence résigné, elle a fini par le faire. À bout de nerfs, épuisée par les mensonges et les tromperies, cette nuit, au cours d'une énième dispute, Amandine a poussé brutalement, rageusement, Samuel dans l'escalier. Elle a entendu un craquement sinistre, puis, penchée sur lui, a constaté que son mari était mort sur le coup.

D'une voix blanche, qui fiche les jetons, elle a appelé la bande pour qu'on se rejoigne chez elle. Et qu'on décide de la suite.

Toujours glacée, j'enfile une jean à la hâte, attrape un sweat qui traîne sur une chaise, je me prépare un thé que je bois brûlant en finissant de me préparer. Puis je descends quand Nathalie sonne à l'interphone. Elle m'attend devant l'ascenseur, m'embrasse et m'enlace sans un mot, avec un léger sourire impénétrable.

Audrey, décomposée et très agitée, est au volant, emmitouflée comme moi dans une doudoune alors que cette nuit de printemps est douce et étoilée, qu'on devrait plutôt boire des mojitos en terrasse au lieu de se regarder à la fois assommées, effarées, pâles comme de petits fantômes. Je monte à l'arrière, en l'embrassant au passage.

Pour rompre un silence pesant des tonnes, Nathalie propose de mettre un peu de musique et la voix de Zazie emplit l'habitacle.

*Je suis un homme plein d'ambition*
*Belle voiture et belle maison*
*Dans la chambre ou dans le salon*
*Moi je tourne en rond, je tourne en rond.*

*Je fais l'amour et la révolution*
*Je fais le tour de la question*
*J'avance, avance à reculons*
*Et je tourne en rond, je tourne en rond.*

*Tu vois, j'suis pas un homme,*
*Je suis le roi de l'illusion*
*Au fond, qu'on me pardonne*
*Je suis le roi, le roi des cons…*

Et aussi surréaliste que cela puisse sembler, on se met à chanter toutes les trois. J'ai l'impression que mon esprit a subrepticement quitté mon corps et qu'il nous observe d'en haut, trois copines à la trentaine bien sonnée, apparemment joyeuses, qui pourraient tout aussi bien aller en boîte.

Quinze minutes plus tard, Amandine ouvre la porte d'entrée de sa maison et on se serre très fort dans les bras les unes les autres. Elle est d'un calme inquiétant mais comme toujours impeccable, pas une mèche qui ne dépasse. C'est tellement décalé et impressionnant que pas une de nous n'ose prendre la parole ni demander où est le… corps… Puis elle nous propose de boire quelque chose de chaud, mais Audrey suggère plutôt quelque chose de fort.

Assises autour de l'ilot central, l'endroit où l'on a préparé tant de plats en rigolant, où l'on a pris des apéros avec nos hommes, où Nathalie, cuisinière émérite, a tenté sans succès de m'apprendre à faire des sushis pour m'éviter de m'en faire livrer environ trois fois par semaine, ce qui l'exaspère... on se fait des shots de vodka, mécaniquement. Amandine finit par nous annoncer qu'heureusement, cette nuit, sa fille dort chez une copine. Je découvre que les enfants de 7 ans découchent pour faire des soirées pyjama chez leurs potes, alors que nous devions attendre notre période Clearasil pour que nos parents y consentent !

Encore une fois, mon esprit s'est échappé, divague, et c'est le quatrième verre qui me ramène à la réalité. J'ai les joues en feu, les filles aussi, avec un regard anormalement brillant, tandis qu'une ambiance assez électrique s'installe. Audrey descend un peu titubante du tabouret de bar en décrétant qu'il faut qu'on grignote quelque chose pour éponger, renverse son verre, et on se met toutes à glousser nerveusement en allant fouiller dans le frigo.

Je crève de chaud maintenant et j'envoie valdinguer ma doudoune par terre, suivie par Audrey et Nathalie, qui nous lance un « *on fait un strip les filles ?* », en éclatant d'un rire qui, si l'on était à jeun, nous semblerait carrément obscène. On ricane bêtement en trempant du poulet froid dans un pot de mayonnaise quand je vois le regard d'Amandine, revenue s'assoir avec nous munie d'un énorme paquet de chips, se figer sur moi. Elle devient livide puis, sans un son, pointe le doigt dans ma direction, avec un regard qui me transforme en statue.

Le cœur battant à tout rompre dans ma poitrine, je baisse les yeux sur le sweat-shirt que j'ai attrapé à l'arrache tout à l'heure dans ma chambre, le gris, usé jusqu'à la corde, avec la tête de Robert De Niro dans *Raging Bull* imprimée dessus. Celui que Samuel portait tout le temps, celui qu'elle avait acheté pour lui lors de notre séjour à New York il y a des années, la première de nos nombreuses escapades entre filles.

La dernière chose que j'ai sentie, c'est la terre qui peu

à peu me recouvrait alors que je reprenais connaissance. Du sang coulait dans mes yeux, j'avais atrocement mal au crâne et je hurlais en dépit du bâillon qui m'étouffait. Juste avant d'être totalement ensevelie par trois ombres munies de pelles, silhouettes reconnaissables entre toutes, j'ai senti un objet jeté violemment sur mon visage, un tube de rouge à lèvres. Le Rouge Baiser Intensément Mat. Celui qui ornait depuis un moment le col de certaines des chemises de Samuel. Celui qu'Amandine avait tant de mal à faire disparaître.

Mon préféré.

## Timecode

Tout petit déjà, David créait des objets. À peine debout sur ses jambes, il cassait ses jouets pour mieux en inventer d'autres. À 10 ans, il piquait régulièrement les ustensiles de cuisine de ses parents pour les assembler et confectionner des machines loufoques dignes du Concours Lépine, comme le fer à repasser-grille-pain offert fièrement à sa maman pour la Fête des Mères.

Il avait également imaginé pour Elsa un parapluie magique, constitué de couverts, d'un transistor, d'un imper piqué à son père et de quelques ingrédients secrets. Un parapluie musical qui enchantait cette grande sœur ne supportant pas les averses.

Pour son arrière-grand-mère de 99 ans, qu'il vénérait, il avait fabriqué un rocking-chair chauffant qui apaisait ses rhumatismes tandis qu'elle lui racontait son siècle d'existence.

Depuis plusieurs semaines, plus personne n'avait accès à sa chambre. Quantité d'objets et d'appareils disparaissaient de la maison, des bruits de ferraille retentissaient à toute heure du jour et de la nuit, des explosions de lumière illuminaient régulièrement la rue. Dès qu'il rentrait de la fac, David s'enfermait. Il sautait des repas, était dans un état de surexcitation qui devenait préoccupant.

Un soir, il convoqua toute la famille pour annoncer très sérieusement qu'il avait mis au point une machine à remonter le temps. Stupeur, rires embarrassés, regards effarés de ses parents, définitivement très inquiets pour sa santé mentale. Puis David de décrire pêle-mêle le départ du Titanic, une bataille napoléonienne, Vinci peignant la Joconde — qui était bel et bien un jeune homme — le meurtre de Marat, une séance de psychanalyse chez Freud, ce vol de Saint-Exupéry, le 31 juillet 1944, qu'il n'avait hélas pas pu empêcher — il était resté coincé dans sa machine...

Sarah, sa mère, finit par le coucher, brûlant de fièvre, presque délirant. Au moment de sortir de sa chambre, elle aperçut, posée sur la table de nuit, une Bible en langue anglaise dont la couverture était marquée d'un poinçon MLK. Son fils, inconscient et en nage, murmura alors un énigmatique « Martin ».

Le lendemain, toujours alité, il reçut la visite de Rachel, sa presque centenaire adorée. Assise sur son lit, la tête de David posée sur les genoux, elle lui parla très longuement, en caressant doucement ses cheveux noirs et bouclés. Elle conclut en lui disant que l'histoire ne devait pas être ainsi bousculée. Que la mémoire était la plus précieuse qualité de l'homme.

David l'écouta en silence pendant des heures, luttant pour refouler ses larmes. Et c'est en observant une fois de plus les chiffres indélébiles tatoués sur l'avant-bras de sa boubita chérie, cette horreur qu'elle tentait sans cesse de cacher, qu'il décida de son prochain voyage, sans retour cette fois : Berlin, 30 janvier 1933.

## Étrange mécanique

### Juin

Trois semaines qu'une équipe me manipule, me maltraite ou me soigne tour à tour. Régulièrement, le jeune homme barbu à la casquette vissée sur la tête passe me voir. Il a toujours l'air en colère, bouscule ses collaborateurs. Je ne suis pas assez bien, j'ai une sale tronche, je suis ridicule. Oui, je me sens ridicule. Et exposé à tous ces regards réprobateurs, ironiques, souvent furibards. Aujourd'hui, ils m'ont sorti du hangar sombre et humide dans lequel j'étouffais pour me placer dans un large bassin d'eau salée. Je me sens encore en prison, mais au moins, quand je suis sur le dos, je vois le ciel, j'admire les nuages cotonneux qui prennent de drôles de formes, je sens le soleil sur ma carcasse, je respire. Je peux nager, pas beaucoup, l'espace est réduit. Je me sens malgré tout presque vivant… Lorsque les regards se font trop lourds, je plonge pour me réfugier au fond de cette grande baignoire. Et j'y reste. C'est alors à mon tour de me moquer d'eux. Pour me rejoindre, ils sont obligés d'enfiler des tenues bizarres et ils ont sur le dos de longues boîtes jaunes, ça a l'air lourd. Puis un masque. Ils ne peuvent plus me parler, quel calme ! La trêve dure rarement très longtemps car ils se sont aussi équipés d'un immense filet afin de me remonter à la surface pour poursuivre leurs expériences sur moi.

### Juillet

Il y a désormais une foule impressionnante de gens se pressant autour du bassin. On exige de moi des performances qui ne sont jamais assez bien pour l'homme à la casquette, continuellement en train de râler. Je lui fais perdre, à lui et aux hommes en costume, beaucoup d'argent paraît-il. Trop lourd, trop pataud, mal foutu. Je ne parviens pas à faire ce que l'on exige de moi, ils m'en veulent, je jette le discrédit sur eux. Je suis un abruti, pas professionnel... Quand c'en est trop, je replonge. Ils me filment sous toutes les coutures, pendant des heures, la plupart du temps sous l'eau. Ils me placent même dans une cage. Je n'en peux plus, je suis épuisé. Est-ce qu'ils pensent que je ne suis qu'un jouet sans âme, sans conscience, dénué de sentiments ? Parfois, la nuit, tandis que je me repose au fond de ma geôle, j'aperçois à la surface des silhouettes qui se penchent au-dessus de moi, rigolardes. Des lumières fulgurantes et très vives sortant de petits appareils m'aveuglent. Alors je m'élance et, dans un bond menaçant, je tente de les faire fuir. Ils n'ont pas peur de moi, au contraire, ils se marrent quand ils me voient d'encore plus près.

Le seul qui me parle avec tendresse a l'air aussi malheureux que moi. Il s'assied au bord du bassin, sans crainte, il met ses pieds dans l'eau pour me raconter sa journée, sa vie, ses chagrins. Avec toujours une bouteille à la main. Je ne saisis pas tout ce qu'il dit, au fur et à mesure que la bouteille se vide, mais c'est mon seul ami, le seul être humain qui me regarde avec bienveillance. Il s'appelle Robert. Parfois, il disparaît. Il se murmure qu'il part cuver aux Bermudes. Je ne sais pas où c'est, mais le mot sonne bien... Les Bermudes. Serais-je heureux et libre là-bas ? Comme Robert ?

**Août**

La tension est à son comble. Apparemment, je ne suis pas le seul à me plaindre de mauvais traitements. Pendant plusieurs jours, tous les gens qui s'agitent ont arrêté de travailler, mais pas à cause de moi. L'homme à la casquette hurle de plus belle. J'entends dire sans cesse que c'est un jeune prodige, alors son équipe n'ose le contredire ou lui expliquer que personne, pas même moi, ne peut travailler nuit et jour. Chez eux, ils semblent qu'il y ait des règles et des horaires. Je ne suis pas concerné hélas.

Voilà, mon grand moment est arrivé. Je suis au centre de toutes les attentions, on me bichonne, on me parle gentiment, je suis traité comme un prince. Même par l'homme à la casquette qui se démène, encourage tout le monde, moi y compris. Je suis le clou du spectacle aujourd'hui. Robert, déjà un peu éméché, me décoche un clin d'œil rieur et un sourire éblouissant en me tapant sur la nageoire. « Allez, buddy, c'est ton heure !Montre-leur de quoi tu es capable. »

**15 septembre 1974**

Je ne sais pas ce qui se passe, presque tout le monde est parti. Je n'ai pas vu Robert depuis plusieurs jours, plus personne ne s'occupe de moi. Richard, avec lequel j'ai passé beaucoup de temps sous l'eau, est venu me montrer une immense feuille de papier, un dessin me représentant, en mettant le pouce en l'air. Je crois que j'ai fait du bon boulot finalement.

Peu de temps après, ils ont vidé le bassin. J'étais blotti au fond, terrifié, quand plusieurs hommes sont descendus, les armes à la main. Ils ont commencé à s'acharner sur moi, à dévisser et démonter sous l'œil soulagé de l'homme à la casquette. Je gis là, démembré, des morceaux de moi rouillés s'en vont dans de grands sacs. J'ai froid, je suis seul. Avant que mes yeux ne se ferment, j'aperçois cette grande feuille de papier détrempée qui annonce la sortie mondiale du film dont je suis le héros sacrifié : *Les Dents de la mer*, de Steven Spielberg.

Du temps que j'étais requin, mon nom était Bruce.

## Peau de vache

*"Les folies sont les seules choses que l'on ne regrette jamais."*
Oscar Wilde

# Le Grand Soir

**9 heures**

Impossible de fermer l'œil cette nuit tant je suis énervée… Je me lève toute chiffonnée, avec la marque de l'oreiller imprimée sur la joue, et mes cheveux moutonneux sont un vibrant hommage aux Jackson Five. Michael, si tu me regardes : la coupe afro fait un retour en force, chez moi en tout cas ! Ce soir, j'ai rendez-vous avec Julien, le photographe méga sexy que toute la boîte convoite. Oui, MOI, j'ai rencard avec cette bombe sans retardement. Désolée les filles, sans rancune ?

**11 heures**

L'esthéticienne me propose le « maillot brésilien » qui fait actuellement fureur à Copacabana. La Gisele Bündchen qui est en moi accepte avec enthousiasme. Je me sens tellement à fond aujourd'hui que je pourrais défiler en nuisette pour Victoria's Secret. Enfin… s'ils se mettent aux grandes tailles. Ah la vache, ça fait hyper mal ce truc ! J'ai l'impression d'être brûlée au deuxième degré. Le bain de siège dans la Biafine est compris dans le forfait ?

**13 heures**

Je ne peux absolument rien avaler d'autre qu'un Krisprolls et un Kiri. Régression, mon amie. D'ailleurs, je me ferais bien un shoot de fraises Tagada.

**14 heures**

Je pars faire quelques courses pour mon dîner. Parce que je peux difficilement servir à ce dieu vivant mes deux seules spécialités cuculinaires, la tomate-mozza et les œufs brouillés « à ma façon », le « à ma façon » étant la version chic du jenesuispasfoutuederéussiruneomelette. Donc on part sur du saumon fumé, blini, foie gras et sa compotée d'oignons caramélisés, fraises, champagne, macarons.

Je complète tout cela par une petite virée Passage du Désir et en repars avec des bougies *Philtre d'amour* pour une ambiance à la Barry Lindon (toujours flatteur pour le teint), une brume d'oreiller *Nuit torride* et des Durex *Love on the Beach*, au cas où l'on n'aurait pas une envie irrépressible de faire une partie de Scrabble après le dîner.

**16 heures**

Je fais une micro-dépression devant mon armoire, je n'ai plus rien à me mettre ! Une minijupe ? Non, un peu trop pour un premier rendez-vous. Un slim foncé pour affiner. Ah, j'ai ce Cimarron, noir enduit, très slim. Vraiment très très slim ! Quelqu'un a un chausse-pied, ou plus précisément un chausse-fesses ? Voilà, ça y est. Si je ne mange rien de la soirée et que j'expire avec beaucoup de précaution, le bouton devrait tenir quelques heures. En haut, ce top que j'adore. Ah non en fait, moulant et trop décolleté, pas possible, ça fait vraiment open bar.

Tiens, et si je tentais cette jolie chemise oversize jamais portée, légèrement transparente mais pas trop. Ça se repasse comment ce machin ? Je ne vois rien, bientôt, je vais devoir acheter des loupes pour lire les étiquettes... « Made in China. Tissu inflammable. » Manquerait plus que ça ! Avec mon aisance légendaire, je passe près d'une bougie et je m'immole par le feu dans mon salon en criant

*« Free Tibet ! »*. On oublie. Tee-shirt noir, sobre, avec un joli sautoir. C'est affreux, je suis déjà épuisée. Si je m'assieds ne serait-ce que cinq minutes, je fais une crise de narcolepsie.

**18 heures**

Opération transformation. Douche, gommage à la papaye. Ça sent divinement bon. J'ai hyper faim en fait et je suis à deux doigts de m'en tartiner sur mon pain aux céréales.

Houla, mais c'est qui est ce shar pei que j'aperçois dans le miroir ??? Ah, c'est moi ! Vite, gel miracle tenseur des yeux, crème nirvanesque. Sainte Sephora, priez pour moi ! Voilà, c'est mieux. Au revoir le shar pei, hey, hello Scarlett Johansson ! Le teint : parfait, les yeux : terribles, j'ai même réussi à ne pas m'en crever un avec la brosse du mascara volumissime spectaculaire et panoramique. La touche finale, le Rouge Baiser repulpeur. Re-pul-peur. Euh, quand tu veux tu repulpes... Échec total. Bon ben, salut Scarlett, on s'appelle, hein ?

**19 heures**

J'entends une vibration et me précipite dans le salon, en me fracassant violemment deux orteils au passage ; j'espère que Julien n'a rien contre une légère claudication.

Sms : « Réu prolongée. Loupé mon Eurostar. Passe la nuit à Londres. Pour notre dîner, partie remise ? Bizz »

*Envoyé de mon smartphone*

**19 heures 30**

Démaquillée, déshabillée, j'ai juste envie d'enfiler mon pyjama en pilou et de me suicider au Nutella en chantant du Véronique Sanson. Voire du Mylène Farmer si la crise s'aggrave encore. Cerise sur la lose : le pot de Nutella est vide !

**19 heures 40**

Sms à Sof : « Dînette chez moi devant *Love Actually*. Refus non accepté. Cas de force majeure. » J'ai une petite heure pour me vautrer sur ma banquette. Bordel, je peux plus m'assoir !

Autre sms à Sof : « En venant chez moi, tu peux passer à la pharmacie m'acheter un tube de Biafine ? Je t'expliquerai. »

Non mais je t'en ficherais moi du Copacabana ! ! !

## De l'air !

Je ne le supporte plus !

Le bruit qu'il fait quand il mange, quand il se mouche sous la douche, sa manie de siffloter (faux) en permanence, ses ronflements la nuit. J'ai parfois envie de l'étouffer sous son oreiller. Sauf que pèse au bas mot vingt kilos de moins que lui, je n'y arriverai évidemment pas. Mais j'y ai sérieusement pensé.

L'hiver arrive et je vais encore vivre un véritable calvaire. C'est moi qui ai les hormones en vrac (PMS, bonjour !), mais c'est lui qui a des bouffées de chaleur. Alors on n'a pas le droit de chauffer l'appartement. Jamais.

Je vis avec mes Ugg greffées aux pieds et une grosse veste polaire sur le dos, le tout parfois complété par des mitaines. Au top du sexy ! Ceci dit, comme ça, il ne me touche pas.

Nous sommes samedi et la perspective de passer quarante-huit heures en tête-à-tête avec lui me fait horreur. Je me brosse les dents alors qu'il est dans son bain, les yeux clos, grognant de contentement comme un goret, avec un sourire béat. Le ventilateur qui tourne sur l'étagère afin que Monsieur n'ait pas trop chaud fait voler des bulles de mousse rose bonbon autour de sa tête d'ahuri.

Je ne le supporte plus !

Je replace posément ma brosse à dent et le dentifrice dans le pot. Je le regarde. Longuement. Puis d'un coup, sans plus hésiter, je jette le ventilateur dans la baignoire. Ça fait un bruit bizarre. Une secousse violente l'a parcouru, et là, il ne sourit plus du tout. Je le vois glisser doucement sous l'eau, la mousse recouvrant peu à peu son crâne dégarni.

Alors j'envoie valser mes Ugg, j'ôte ma polaire, que je jette avec délices dans la poubelle.

J'attrape mon manteau et mon sac à main, j'ai une de ces envies de shopping, moi !

Avant de quitter l'appartement, j'ouvre le robinet de tous les radiateurs à fond, avec un frisson. De plaisir.

# Chaud-froid

21 heures, Monop vide, excepté ce grand brun, tout à fait mon genre d'homme, dont le regard ne m'a pas quittée depuis mon entrée. Je le fixe, le défie. Au rayon frais, on se frôle, au rayon pain de mie, sa main effleure mes reins, au rayon confiture, il se presse contre mon dos et je sens sa bouche déposer un baiser furtif et audacieux dans mon cou.

J'ai les jambes en coton, le corps hérissé de délicieux frissons, mais quand je me retourne, mon bel inconnu a disparu. Déçue, troublée, un peu vexée, je file au fond du magasin chercher ma Vittel, et c'est entre deux rayons d'eaux minérales que je sens ses mains m'attraper et me pousser le long du mur. Ses yeux noirs me brûlent littéralement et il m'embrasse sauvagement, mordille mes lèvres, tandis que ses mains écartent mon imper, caressent mes fesses, puis remontent dans un supplice de lenteur sur ma poitrine gonflée.

Oubliant toute retenue, je me colle à lui, sens une bosse prometteuse déformer son pantalon, et, sans même reconnaître ma voix, je lui souffle que j'habite à deux minutes d'ici. Je crois que je suis devenue complètement dingue ! Une belle voix, aussi chaude que ses mains, me répond : « Je vous suis. »

Je parcours les 200 mètres qui nous séparent de mon immeuble dans un brouillard érotique absolu, je sens les yeux de mon inconnu glisser le long de mon dos, j'ai encore la sensation de ses mains sur ce soutien-gorge qui ne demande qu'à être arraché, s'attardant au creux de mes cuisses. Mes joues sont en feu, et pas qu'elles...

On y est. Il me pousse une fois encore, cette fois contre la porte cochère, me dévore de baisers, que je lui rends passionnément. L'une de ses mains caresse mes seins, dont la pointe est douloureuse de désir, tandis que l'autre s'est glissée dans mon jean. Je me retiens pour ne pas crier, je lui murmure à l'oreille : « Je veux te sentir en moi ! » Le hall est sombre, la rue déserte, je ne pourrai pas attendre d'être dans mon appartement, c'est là, maintenant, tout de suite.

Je vois sa main, qui a quitté mes seins, se tendre et hésiter.

– Heu, c'est pas aujourd'hui qu'on devait changer de code ? Là, tout à coup, sur l'échelle du torride, on est redescendu à 2.

– C'est pas vrai, Denis, dis-moi que tu l'as noté !

– Ben, non, je pensais que tu l'avais fait.

– Je rêve ! Y a plus qu'à frapper à la fenêtre de la concierge.

– Je veux bien, mais là, vu l'état dans lequel je suis, un vrai bonobo en rut, je pense qu'elle va appeler les flics pour attentat à la pudeur.

Je me rajuste en soupirant, furieuse, le soutif défait, écarlate, en maudissant les magazines féminins. « Dossier spécial été : Pimentez votre vie de couple. » C'est cela, je penserai à remercier mon syndic !

## Séance permanente

*À la vraie Suzanne, ma grand-mère, qui m'a fait aimer le cinéma*

Suzanne avait 12 ans lorsque sa grand-mère, victime d'un harcèlement de plusieurs mois et constatant un rejet total des dessins animés chez sa petite-fille, l'emmena voir son premier film « de grande ».

Ce mercredi-là, elle découvrit une petite salle de quartier, Le Gloria. L'ouvreuse aux cheveux mauves avait l'air d'avoir 120 ans, et c'est à la lueur d'une petite lampe de poche chevrotante qu'elle les conduisit dans un écrin rouge foncé quasi désert. Peu après, la même ouvreuse, ployant sous le poids d'une corbeille d'osier, leur proposa d'une voix de crécelle : « Bonbons, chocolats, esquimaux glacés… » Sa grand-mère craqua pour une boîte de Chocoletti, Suzanne, elle, était bien trop excitée pour avaler quoi que ce soit.

Passé un sinistre court métrage tchèque et quelques pubs hors d'âge pour les magasins du quartier, le rideau de velours rouge s'ouvrit totalement sur un écran qui lui sembla gigantesque. Quelques minutes plus tard, emportée par la musique de Maurice Jarre, elle tomba folle amoureuse d'un ange blond aux yeux turquoise, découvrit le désert et sut avec une certitude absolue que ce jour allait changer sa vie. Peter O'Toole demeurerait à jamais Lawrence d'Arabie et, à sa mamie, Suzanne vouerait une reconnaissance éternelle pour lui avoir ouvert les portes d'un monde qui serait désormais son refuge, son salut, alimenterait ses rêves, comblerait sa solitude, forgerait son caractère, lui dicterait des passions et des détestations innombrables et la couperait sans doute aussi peu à peu de la réalité.

À cette époque, pour le prix d'un billet, l'on pouvait passer toute la journée dans les salles de cinéma. Incapable de bouger, Suzanne refusa de sortir après la première séance, exigea de rester pour revoir Lawrence danser dans son bel habit blanc, mener les hommes à la bataille, s'enivrer de l'odeur du sang puis sombrer dans la folie. Comme toujours, sa grand-mère finit par céder. Elle dut quand même se fâcher lorsque Suzanne voulut voir le film une troisième fois ! La nuit était tombée lorsqu'elles sortirent, sa grand-mère avait la migraine mais Suzanne, elle, avait des images plein la tête, un air lancinant dans les oreilles et elle décréta solennellement qu'elle consacrerait désormais – et exclusivement – tout son temps libre à voir des films.

Tous les mercredis, elle traînait donc sa mamie au cinéma : le Gloria, la Boîte à Films, le Mac-Mahon, le Châtelet Victoria, l'Action Christine... Insensiblement, Suzanne se sentait de plus en plus différente de ses camarades de classe et de ses copines, comme décalée. À l'école, les garçons jouaient les cow-boys virils et arrogants, elle les affrontait et défendait jusqu'à en venir aux poings les Indiens – elle venait de découvrir l'horreur de *Soldat bleu.* Ses amies chinaient des treillis et des besaces de l'armée, la couleur kaki lui donnait des haut-le-cœur après le choc de *Johnny got his gun.* Le jour de la sortie de *La Boum*, elle passa l'après-midi à l'Action École pour un festival Humphrey Bogart. Les semaines suivantes, dans la cour, tout le monde fredonnait cette guimauve de *Dreams are my reality*, collait des posters de cette gourdasse de Sophie Marceau dans sa chambre et le concours était ouvert pour savoir qui battrait le record de Nathalie, qui avait vu

*La Boum* douze fois. Suzanne se passait en boucle *As time goes by*, rêvait d'aller à Casablanca et allait retrouver tous les jours, lors d'une rétrospective Ava Gardner, la seule femme dont elle serait jamais amoureuse : l'hypnotique Pandora.

Elle sut qu'elle était enfin prête à aller au cinéma toute seule quand sa grand-mère l'emmena voir *Macadam Cow-Boy*. Elle avait alors 15 ans, découvrit Dustin Hoffman en tubard miteux et Jon Voight en gigolo pitoyable taillant des pipes tarifées dans des cinés malfamés. Sa grand-mère, décomposée devant la descente aux enfers des "héros", lui intima de ne pas regarder certaines scènes et, quand la lumière revint, soupira un impayable et inoubliable : « Mais je pensais que c'était un western ! »

Suzanne devint la chouchoute des salles indépendantes si chères à son cœur, dont la fermeture — pour la plupart d'entres elles — la laisse aujourd'hui inconsolable, amputée de sa jeunesse. Au Mac-Mahon, elle payait une fois sur deux et apprenait l'art de la danse avec Fred Astaire et Gene Kelly, la dinguerie avec les Marx Brothers ou Lubitsch, pleurait sur les mélodrames de Douglas Sirk, prenait des leçons de vie avec Capra...

À la Boîte à Films, le caissier lui permettait de voir des œuvres interdites à son jeune âge : *Délivrance, La Grande Bouffe, À la recherche de Mister Goodbar, Théorème, Les Chiens de paille, Répulsion...* Grâce à ces ciné-clubs, elle dévora des bobines par centaines : Cassavetes, Huston, Losey, Lumet, Mulligan...

Les cartes de fidélité des cinémas Action achevèrent de la rendre boulimique. Elle délaissa définitivement Godard, Bergman ou Pasolini, trop intellos, pour Cukor, Mankiewicz, Wilder, Blake Edwards, Hitchcock, Aldrich, Raoul Walsh, tout en passion et en frissons. Les grands classiques du cinéma français ne la faisaient pas vibrer et, au hasard de la programmation, elle boudait *La Grande Illusion* pour *La Nuit du chasseur*, ignorait *Le jour se lève* pour *Citizen Kane*, snobait *Casque d'or* pour *La Comtesse aux pieds nus...*

Ses héroïnes n'étaient pas Simone Signoret, Arletty, Michèle Morgan mais pour toujours Ava Gardner, Audrey Hepburn, Marilyn, Gene Tierney, Lauren Bacall, Katharine Hepburn, Bette Davis... Ses copines étaient amoureuses de Robert Redford, craquaient pour la virilité d'un Kirk Douglas ou d'un Burt Lancaster ; Suzanne aimait l'ambigüe beauté de Montgomery Clift, Dick Bogarde, Helmut Berger, Anthony Perkins. Depuis, hélas, elle est toujours allergique aux hommes dégoulinants de testostérone. Évidemment, quand son premier amour a été Peter O'Toole, difficile de se pâmer pour des ersatz de Clark Gable, John Wayne ou Charlton Heston !

À l'âge requis, elle passa des nuits entières au Daumesnil avec Serge, son ami d'enfance, à frissonner d'horreur et de plaisir devant les films de Mario Bava, Dario Argento, Lucio Fulci et, bien sûr, George Romero. Biberonnée aux films de la Hammer, elle fit quelques infidélités à Peter Cushing et à Christopher Lee pour plonger dans le monde des zombies, des cannibales et des créatures possédées. Les adaptations d'Edgar Allan Poe se noyèrent dans le gore... L'addiction était totale, même si les stupéfiants variaient : polars, comédies musicales, drames psychologiques, thrillers, mélos, fresques historiques. Tout voir, tout apprendre, être à l'affût de toute nouveauté. Lassée par la Nouvelle Vague, elle voyageait plutôt dans le Nouvel Hollywood. Elle devenait une inconditionnelle de Scorsese, Kubrick, Coppola, découvrait Spielberg et un génie binoclard et bredouillant, Woody Allen. Les cinémas italien et allemand étaient moribonds mais émergaient Stephen Frears, Ken Loach, Pedro Almodovar, David Cronenberg...

La Vieille Europe tentait de faire la nique à l'Oncle Sam qui inondait les écrans avec de plus en plus de "produits" tonitruants, tape-à-l'œil et bêtifiants. C'est ainsi qu'on vit fermer ces salles où des milliers de gens apprenaient le cinéma, regardaient les films dans un silence total et intense, presque mystique, au profit de multiplexes clinquants comme des claques modernes, où l'on traitait la clientèle comme un troupeau trépané, lui faisant bouffer du pop-corn, boire du Coca, en ingérant des heures de pubs débiles et de bandes-annonces à la sauce ketchup MTV.

Pourtant les États-Unis, capables du pire et du meilleur, virent aussi se développer un cinéma indépendant passionnant. Gus Van Sant, les frères Coen, Tim Burton, Paul Thomas Anderson, Todd Haynes et tant d'autres réussissaient à faire des films avec des budgets ridicules, mais des trésors de talent et d'invention.

Puis Suzanne se découvrit une vraie passion pour le cinéma asiatique, probablement source des plus intenses émotions de ses dernières années : la magie des premiers Wong Kar-wai, Kim Ki-duk, Im Kwon-taek, Hou Hsiao-hsien, Kore-Eda, l'insidieuse, glaçante et poétique horreur des films de Hideo Nakata, Takashi Miike ou Kiyoshi Kurosawa... Survint également le cinéma indien, auquel elle s'initia. Elle apprit à en apprécier la profondeur par-delà le chatoiement des couleurs et des costumes, la beauté des chansons, des comédiens et l'apparente candeur de la magie bollywoodienne.

Hélas sa quête est sans fin, cette inextinguible soif d'histoires ne s'étanche pas, ce vide à combler est toujours là, béant. La vraie vie lui a toujours semblé si fade, ses acteurs souvent si mauvais et ses aventures si mal écrites !

Le temps a filé si vite. Combien d'années Suzanne a-t-elle passées enfermée dans l'obscurité, le cœur battant, pressée de s'oublier et d'oublier le reste du monde ? À combien de rendez-vous s'est-elle rendue, avec toujours le même frisson lorsque la lumière s'éteignait ? Sa vie amoureuse, elle, n'a été que déception et trahison. Elle a tant rêvé, elle s'est tant nourrie d'imaginaire qu'elle se sent devenue inapte à la vie réelle. Tout y est si médiocre, si fade, si tiède. Comment supporter la mesquinerie, la jalousie, les compromissions, l'égoïsme, les dérisoires ambitions de pantins avides ? Réussir, consommer, posséder, jouer le jeu... Elle n'a jamais su, elle n'a pas voulu non plus.

Elle a conscience qu'elle vit dans un monde à part, un univers parallèle, mystérieux et hermétique aux autres, mais elle ne s'y sent jamais seule. Elle a toujours un vieil ami en noir et blanc à visiter, un jeune réalisateur à découvrir, un acteur prometteur à dénicher.

Suzanne est morte hier soir, dans une petite salle rive gauche, devant une rétrospective des Monty Python. Partie dans un éclat de rire. Sacré Graal ! Il se dit qu'à la nuit tombée, un étrange vaisseau fut aperçu sur la Seine. Il disparut en même temps qu'elle. Un passant se souvint du nom inscrit sur la coque : Pandora.

THE END

## Match retour

**9 heures**

Je n'ai quasiment pas fermé l'œil de la nuit. Je me suis vraiment loupé avec Amandine l'autre fois, là, il faut que j'assure. Cette fille, c'est un avion de chasse. Depuis des semaines je galère, je sors les rames, j'attaque la falaise, je suis devenu champion de kayak, mais, yes ! ! !, elle a enfin accepté un dîner. Chez moi. Pour me faire pardonner, je vais lui sortir le grand jeu.

Direction cuisine pour avaler un café, un vrai zombie, je suis à deux doigts du triple expresso/Red Bull pour émerger.

**9 heures 30**

Une douche et je file faire les courses. La vache, il a morflé Indiana Jones ! L'Arche est vraiment perdue. Le baroudeur s'est pris l'Opération *Tempête du désert* en pleine tronche. Rendez-vous pris d'urgence chez Les Mauvais Garçons, je ne ressemble plus à rien.

**11 heures**

Kevin étale une mousse à raser qui sent divinement bon sur mon visage ravagé. Il a un QI d'huître, mais avec un coupe-chou, pour moi, c'est simple, c'est Michel-Ange ! Il m'enveloppe dans une serviette chaude et parfumée, trois-deux-un, à la Christina Cordula, je jette un regard dans le miroir : « Hey, salut Brad Pitt, classe ton goattee ! » Kevin, je te sauterais bien au cou pour t'embrasser voracement, mais je me réserve pour ce soir. Sans rancune ma biche ?

**13 heures 30**

Je rentre du marché, chargé comme un âne et déjà claqué. Pour tout dire, j'ai envie de m'affaler devant la télé avec une bière et une Pasta Box, mais j'ai un boulot dingue. Ce soir, je joue les pompiers pyromanes avec un menu résolument incendiaire :

– Homard au beurre d'orange et au piment d'espelette (et je sens que je vais forcer sur le piment)

– Poulet thaï au curry vert, gingembre, citronnelle (là, Amandine devrait avoir besoin d'un extincteur !)

– Gâteau au chocolat avec cœur fondant à la fraise Tagada (je pense qu'on le mangera au lit...).

**17 heures 30**

Je suis rincé, je cuisine depuis plus de trois heures, j'ai la sensation que le chef Etchebest va faire irruption dans mon dos et m'engueuler parce que mon plan de travail ressemble à une œuvre de Pollock, sans le talent. Le champagne, lui, est au frais. Moi, je suis rougeaud, j'ai les pores qui se dilatent, j'ai tellement transpiré que je ressemble à un chat de gouttière qui sort du tambour de la machine à laver. Je m'enfile deux Red Bull. Maintenant, il faut que je dresse la table. Important pour les filles, la déco. Nappe noire, vaisselle argentée, des paillettes dispersées partout (j'ai lu ça dans *Elle*. Ben quoi ? Les magazines féminins vous en apprennent beaucoup sur la psychologie du beau sexe). Bougies, évidemment, musique soul prête à envoûter la demoiselle (je sais que c'est son truc, elle écoute Marvin Gaye en boucle au bureau). Je jette un œil au résultat, ouais, ça le fait.

**18 heures**

Gros moment de solitude devant mon dressing. Qu'est-ce je mets ? Je mise sur le costard slim Kooples ?

Trop habillé, trop tête à claques à la Yann Barthès. Plutôt *casual*, genre le type détendu, sûr de lui mais soigné. Le métrosexuel qui ne se la raconte pas. Jean et tee-shirt Diesel. Noirs. Ça fait ressortir mes yeux. Verts.

**18 heures 30**

Opération *Restaure Hope*. J'ai claqué la moitié de mon salaire au rayon Beauté des Gal Fay, c'est le moment du retour sur investissement. L'Oréal, parce qu'il le faut bien. Gommage exfoliant aux herbes sacrées du Japon, qu'est-ce qu'ils ne vont pas inventer ! J'espère en tout cas que la verdure ne vient pas de Fukushima, sinon, je vais devenir fluo dans le noir. Pas sûr qu'Amandine apprécie un son et lumière radioactif dans mon salon.

Après dix minutes de douche, j'ai la peau soyeuse, ça prend forme. Baume Men Expert Pure Power (of love ? Frankie goes to Hollywood, priez pour moi !), sur les cheveux un gel déstructurant. Heu, non là, Julien, c'est trop déstructuré, tu ressembles à Titeuf, c'est ridicule. Ça peut la faire rire, mais c'est pas l'effet escompté. On reprend. Hey, *welcome back*, Brad !

**19 heures 15**

Parfumé, pas trop, un spray d'Escape for Men (mais ça m'étonnerait qu'elle ait envie de s'échapper), habillé, coiffé-décoiffé, *Let's get it on* en fond musical, je suis chaud bouillant.

**19 heures 30**

"Salut Julien ! Je suis à la Mostra pour le boulot depuis trois jours, et là, grève des contrôleurs aériens. Coincée à Venise. Remarque, y a pire ! Dommage pour le dîner. On remet ça ? Ciao Ciao !"

*Envoyé depuis iCloud*

**19 heures 45**

Bam ! Je viens de me prendre le râteau du siècle ! Bien, c'est officiel, je vais pouvoir aller bosser à Jardiland. Quand je pense qu'il y avait une soirée Very Bad Trip chez Nico, en mode « ce qui se passe à Vegas reste à Vegas », avec alcool et filles en veux-tu en voilà… Sauf que si je me pointe là-bas avec la veste XXL que je viens d'encaisser, je vais en entendre parler pendant dix ans. Si j'invite mon pote Fred, ce sera pire. Il va voir ma déco façon *Un dîner presque parfait*, Marvin sur la platine et la cuisine atomisée. Dans les dix minutes qui suivent, cette pipelette tweete : « Julien le surfeur s'est pris un vent force 12 », hashtag *loser*. J'ai le moral dans les chaussettes, en fil d'écosse. Je peux même pas descendre chez Casto pour acheter une pelle assortie à mon râteau, ça vient de fermer. Humour, quand tu nous tiens… Je me demande si ça arrive à Brad Pitt ce genre de plan, tout en m'envoyant un xanax/Red Bull. Je suis au bord de l'infarct.

Affalé en boxer dans le canapé, au bout du rouleau, je regarde le programme télé. C'est le désert de Gobi, normal, samedi soir, quoi. En gros, le choix entre un documentaire sur les éoliennes, *Danse avec des fausses stars* ou une redif de *Colombo* du siècle dernier. Je ne vais quand même pas finir avec une pizza devant *Fort Boyard*, pas moi !

**20 heures**

« Allô, maman ? Je t'en supplie, dis-moi que tu n'as pas encore dîné et que tu veux bien venir à la maison ! Je te raconterai. »

# Santé !

Mais bon Dieu, qu'est-ce qu'elle est pénible ! Je n'en peux plus.

Jamais contente, de plus en plus maniaque. Elle passe derrière moi comme si j'étais un gosse de 7 ans. Elle surveille dans quel sens je mets les couverts dans le lave-vaisselle, vérifie que j'ai bien mis mon linge sale dans la panière dédiée, mon linge à repasser dans l'autre. Tout est bien rangé, au bon endroit, même mon tiroir à chaussettes est au carré. Sur la salle de bains, elle est hystérique ; sur la cuisine, elle est carrément tyrannique. J'ai l'impression qu'elle vit l'éponge greffée à la main. À chaque repas, elle guette la moindre miette qui pourrait tomber par terre, la goutte de vin qui pourrait tacher la nappe. Je vais finir par avoir un ulcère.

À moins que je ne meurs de faim… Depuis cinq ans, j'ai en effet eu droit à tous les régimes possibles. Le pire, c'est quand elle m'a imposé le Dukan. Au bout d'une semaine de fromage blanc et de filet de dinde, j'ai cru que j'allais l'assassiner à coups de fourchette. En ce moment, nous mangeons des graines et du tofu. Elle tente le vegan. Je ne peux même pas me rattraper avec un bon morceau de pain, elle n'achète plus que du sans gluten, j'ai l'impression de mâcher du carton mou.

Le soir, je n'ai évidemment pas accès à la télécommande, c'est elle qui décide. On ne regarde que des documentaires anxiogènes sur Arte, donc en alternance des sujets sur la pollution de la planète ou les nazis. Je suis à deux doigts du Prozac.

Nous sommes samedi. Je sirote mon deuxième café équitable, qui n'a de café que le nom, en tentant de ne pas remarquer qu'elle s'agite autour de moi comme une abeille sous acide. Il faut que nous allions aux Nouveaux Robinson pour acheter du quinoa, des cranberries, du lait végétal et tout un tas d'autres trucs super appétissants. Cette nuit, l'estomac vide, j'ai même rêvé d'un confit de canard aux pommes salardaises. Cuit à la graisse d'oie.

Afin de s'occuper, et surtout pour me pourrir mon petit-déjeuner, elle décide de faire le ménage. Entre la machine à laver qui tourne et l'aspirateur qu'elle a branché à mes pieds, je crois que je vais devenir fou.

Pour l'exaspérer à mon tour, je décide de me refaire griller une tranche de carton gluten free, que je mets des plombes à tartiner de margarine et à grignoter, l'œil impavide.

Elle sort bruyamment l'escabeau, me lance un œil noir et part dans le salon furax avec un spray bleuté et un chiffon à la main. C'est pas vrai, qu'est-ce que ça pue ce truc !

Je la regarde s'activer de façon névrotique sur les vitres. La mèche folle, en chemise bucheron et legging, un véritable tue-l'amour.

Je me lève pesamment, résigné, pour aller chercher ma veste. J'ai besoin de sortir de là avant de craquer, même si ça doit être avec elle. Je suis à un mètre de la furie quand un jet de Glassex en pleine face me stoppe net.

Elle a un sourire mauvais, je sais qu'elle l'a fait exprès. Elle n'a souri que trois secondes. Le temps qu'il m'a fallu pour la pousser par la fenêtre. Je crois qu'elle n'a même pas crié, juste écarquillé grand les yeux en me regardant.

J'attrape les clés de la voiture et descends au parking, direction Trouville. J'ai une furieuse envie de moules-frites !

# Festival de bécanes

Samedi soir, 1er mai 1994, soirée pyjama chez Mimi.

Ses parents sont sortis, son frère fume des joints dans sa chambre, comme d'hab, en écoutant son idole Bob Marley. Depuis des mois, il passe ça en boucle, toute la famille devient cinglée. Il est ridicule le blondinet avec ses dreadlocks faméliques et déjà qu'il n'était pas bien nerveux le frangin, avec ce nuage de beuh qui l'accompagne partout, on dirait qu'il est constamment filmé au ralenti. Je l'appelle DeuxDeTension, ça fait rire Mimi, pas ses parents...

En attendant la pizza, Nanou se passe les ongles au vernis noir. Elle n'a toujours pas passé sa période Cure, voit tout en dark, les fringues, le maquillage, la vie... Ce soir, on avait envie de piler du Prozac et de lui mettre dans son Coca, qu'elle boit en quantité astronomique, pour voir si ça la booste un peu. Mimi pense qu'il faudrait plutôt verser du Poppers sur sa part de pizza !

— Bon, on regarde quoi comme film ? J'ai amené plein de trucs.

Moi, on m'appelle Ciné-Club. Ma drogue, c'est le cinéma, addict, accro, il me faut ma dope plusieurs fois par jour.

Nanou a envie d'un film d'horreur bien gore, c'est le seul truc qui la fasse rire en ce moment, voir des zombies bouffer les gens. Elle a un drôle d'humour, noir, comme le reste. Mimi penche pour une comédie romantique, c'est son côté grande amoureuse. Elle a toujours un prétendant sur le feu, un vrai Don Juan en minijupe.

— Je vous ai apporté ça : *Easy Rider.* Mais pour être dans le mood, il faut réussir à piquer quelques joints à DeuxDeTension.

Au milieu de la nuit, fracassées, excitées, on tourne en rond dans la chambre comme des lionnes en cage. Trop de joints, de sucre (forcément, fumette = overdose de brownies), le tout arrosé de sodas divers, on ne tient plus en place.

— Les filles, j'ai une idée géniale. On part au Festival de Cannes !
— On fait comment ?
— On pique la mob de ton frangin et celle du voisin. Ils sont potes, ça passera tout seul.
— Chiche ?
— Chiche !

Hirsutes et un peu titubantes, on enfile un jean, un pull, on pique des blousons chez DeuxDeTension, qui est dans un coma profond, direction le garage du pavillon. Nanou file chez le voisin et en cinq minutes réapparaît avec un Solex, sourire en coin. Son khôl a bavé, elle ressemble à un panda, je l'embrasse, c'est une déesse !

Mon frère, qui me trouve totalement perchée, dans un demi-sommeil a accepté sans rechigner de me prêter sa précieuse mobylette et m'a même filé un billet pour l'essence. Lui aussi je l'aime. C'est l'herbe ou quoi ? J'ai envie de me tresser un collier de fleurs en chantant *Let the sunshine in...*

— Les filles, prêtes pour l'équipée sauvage ? C'est parti. Direction Cannes.
— J'ai dévalisé les placards de la cuisine et le frigo, on a de quoi tenir trois jours. Nanou, prends le Coca, j'ai plus de place.

Il est 5 heures du matin, on est hilares, Mimi et Nanou gloussent comme des poules et moi, je suis à 900 bornes du rêve de ma vie ! J'entends déjà les vagues qui rythment la Croisette, je vois le tapis rouge, les affiches géantes, les mecs en pingouins et les stars en robes de fée. Ce que je ne vois pas en revanche, c'est le camion qui me coupe la route.

Quand je me réveille, j'ai mal partout. Ma mère me parle, l'air en pétard, mais je ne capte rien, la tête dans un bandage, j'ai l'impression que mon lit flotte dans la pièce. Je me penche et, en bas, loin, j'aperçois les filles en train de pleurer.

J'ai fini par émerger : trauma crânien, une jambe cassée, des côtes fêlées (« comme toi », a ajouté mon frangin quand le médecin a annoncé ça. Quel humour de merde !).

Mon road-movie a duré précisément 1h30, comme celui de Denis Hopper, dingue, non ?

C'est de ma chambre d'hôpital que, cette année-là, j'ai assisté au triomphe de *Pulp Fiction* et entendu Quentin Tarantino s'écrier : “Vive le cinéma !”

## Mythique.conne

Après avoir écumé pas mal de sites de rencontres dits sérieux, genre Attractive Truc et autre Elite Machin, d'un ennui abyssal, tous envahis de quadras travaillées par leur horloge biologique, j'ai suivi les conseils de Julien et me suis finalement inscrit sur Adopte.un.mec.

C'est là que je suis tombée sur PamPam Girl, une charmante blonde de 25 ans, pas très futée mais rigolote et surtout, de ce que j'en ai vu, très bien gaulée. Bref, pile ce dont j'ai besoin histoire de passer l'hiver au chaud.

Je viens de m'installer dans un bar branché des Halles quand je la vois arriver, blouson panthère en fausse fourrure, minijupe moulante en cuir rouge et cuissardes assorties. La classe à la Nabilla. Pendant une minute, j'ai la tentation de me sauver discrètement, mais elle fonce sur moi en s'exclamant : « Flo ? Ben t'es comme sur la photo ! » Je me dis que j'ai dû confondre et me suis inscrit sur Adopte.une.cagole, mais je fais bonne figure et lui demande ce qu'elle veut boire.

— Une vodka pomme pour Pam, dit-elle en gloussant. Puis elle enchaîne. Flo, c'est le diminutif de quoi ?

— de Florimond.

— Comme la raclette ?

— Euh, non, je crois que la raclette, c'est Richemont.

— Ah oui ! Dis donc, ça en jette ici, c'est beau comme la caserne d'Ali Baba !

— La caverne...

— Quoi ?

— Non, rien.

— Alors Flo, tu m'as dit que tu faisais quoi dans la vie déjà ?

— Je suis chirurgien.

— Wouah, chirurgien, ça me file la chair d'ampoule. Tu poses des prothèses ?

— Pas vraiment, je suis en chirurgie cardiaque.

Elle a l'air déçue en voyant s'envolant un 95 D et une éventuelle liposuccion. Pour être poli et parce que nos verres ne sont pas encore vides, j'enchaîne.

— Et toi, tu fais quoi ?

— Je suis esthéticienne. Le salon est sympa, mais j'aimerais monter ma boîte. Comme dit souvent ma mère, il faut savoir faire des plans sur la moquette.

— La comète...

— Quoi ?

— Non rien.

— J'ai une copine qui est vendeuse chez Sadique et Voltaire, et comme elle aussi veut se lancer, on va bientôt se prendre une boutique ensemble. Mais j'hésite, faut pas lâcher la croix pour Londres.

— La proie pour l'ombre...

— Ah oui, j'oublie tout le temps ! Ma mère dit que je suis comme un chien dans un jeu de billes.

— De quilles !

— Quoi ?

— Non, rien...

— Tu sais pourquoi ma mère m'a appelée Pamela ?

— Elle était fan d'*Alerte à Malibu* j'imagine.

— Nan, c'est parce que le soir où elle m'a concevu, elle en avait trop bu !

— De quoi ?

— Ben du Malibu ! Tu saisis ? Elle est drôle ma reum.

J'ai officiellement envie de me flinguer. Pourvu que mon téléphone sonne et que je lui dise que j'ai une urgence à l'hôpital ! En attendant, je me lève pour aller régler, histoire d'abréger ce fiasco. Alors qu'on sort du bar et que je cherche une excuse pour me barrer, un abruti en roller me fonce dessus à toute blinde et je tombe sur le trottoir. Je sens immédiatement une douleur irradiante dans le bas du dos. J'essaie de rester digne et me redresse en grimaçant.

— Flo, tu t'es fait mal ?
— Je crois que je me suis cassé le coccyx.
— Le quoi ?
— Le cul, ma chère. Là, j'en ai vraiment plein le cul !

Je fais signe à un taxi, m'engouffre dedans avec douleur et néanmoins soulagement, plantant là miss PamPam, la bouche en cul de pouffe. Euh, en cul de poule. Eh merde, la bêtise est décidément contagieuse.

## C'est party mon Kiki !

Comme tous les matins, week-ends compris, je suis réveillée par l'insupportable chien de la voisine, un caniche abricot parfaitement assorti aux cheveux de sa maîtresse, et qui a la même voix de crécelle. Parfois, je ne sais même plus si c'est le clebs qui jappe ou elle qui braille.

Je les entends s'ébrouer bruyamment sur le palier, faire une halte devant ma porte où je sais désormais que « Kiki d'amour » va laisser un petit colis odorant. Sur mon beau paillasson « Maison du bonheur ». Si je marche dedans du pied gauche, je vais bien finir par nager dedans, le bonheur !

Des semaines que cela dure. Parce que mémé, réglée comme une horloge, se couche à 20h50 tous les soirs après le JT de TF1 et la météo (je le sais car elle est sourde comme un pot et que j'entends le tonitruant générique). Alors à partir de 21 heures, si je fais le moindre bruit, elle tape au mur avec sa canne comme une forcenée. Voire, si j'invite quelques amis à dîner, appelle les flics !

Nous sommes le samedi 31 octobre aujourd'hui. Et j'ai lancé d'un cybercafé, avec un compte bidon, sur Twitter, Facebook, Instagram, Tumblr, Google+, Snapchat... une invite qui déchire :

**Grande soirée déguisée organisée par American Airline !**
**À gagner : voyages à New York, budget shopping, vol en hélicoptère,**
**places de concert VIP, albums dédicacés...**
**Soyez bons, soyez fous, faites du bruiiiit !!!**

## Et vous pourrez passer les fêtes de Noël sur Times Square !

Et j'ai évidemment mis l'adresse de la vieille, ainsi que son numéro de téléphone. Quant à moi, je vais aller tranquillement dormir chez mon jules.

Joyeux Halloween la team abricot !

Le lendemain, en rentrant vers midi, j'ai croisé les pompiers. Ma voisine, hirsute, était ligotée sur une civière en pleine crise de démence, et Kiki, enveloppé dans un sac plastique. Le pauvre, le volume sonore fut tel, paraît-il, qu'il aurait fait une crise cardiaque.

Pour fêter ça, je me suis recouchée avec volupté en rêvant de Big Apple sous la neige !

## Mâle au cœur

— Alors, raconte, c'était comment ton rencard ? ? ?

Pam est au Macumba avec Kim et Amélie pour la Christmas Friday Party. Tenues glitter, make-up à paillettes, cascades de bijoux, à côté d'elle, les sapins de Noël font la gueule.

— C'était top. Le type assez canon, belles fringues, les cheveux poivre et neige à la Clooney et, cerise sur le plateau, devinez ce qu'il fait ?

— Mannequin ?

— Pédégé ?

— Nan, mieux que ça, attention, je vais vous en mettre plein les cieux : chirurgien !

— C'est pas vrai ? Pam, t'as vraiment une chance pas possible ! Il pose des prothèses ?

— Amélie, tu vas pas le croire, c'est pile ce que je lui ai demandé ! Non, il est chirurgien cardiogramme. Mais bon, j'ai réfléchi, j'en ai quand même dans le shoot. S'il opère le cœur, il ouvre la poitrine, non ? Donc s'il ouvre, il peut bien poser des prothèses mammifères...

— Mammaires !

— Oh, ramène pas ta fresque Kim, t'as bien compris. En plus, je te signale que c'est pour toi que j'ai demandé. T'arrêtes pas de nous parler de tes seins en pan de toilette, donc je pense que je peux t'arranger le coup. On se cotise et on t'offre ça pour Noël.

— T'assures trop Pam ! Et il pourrait faire la lippo d'Amélie ?

— Ben vu qu'elle veut se faire aspirer la calotte de cheval, là, je pense que ça va pas être dans son domaine, faut pas prendre les vécés pour des lanternes non plus. Comme il a l'air assez connu, il a mignon sur rue comme on dit, je suis sûre qu'il finira par nous donner une adresse. Mais bon, commencez pas à vous faire des chapeaux en Espagne !

— Raconte ce qui s'est passé ! ! !

— Alors j'ai retrouvé Flo, c'est son petit nom, dans un bar super chic. Moi j'étais en mode bombasse et clairement ça l'a éclaté.

— T'es trop drôle Pam, j'te kiffe. Et après ?

— Ben là, galère. On devait aller dîner après, mais il a eu un accident, un type en roller, et il a glissé sur une plaque de verglas. Apparemment, il s'est pété le cassis.

— Le quoi ?

— Le cassis, un os des fesses d'après ce que j'ai compris...

— Et ?

— Ben il m'a laissée là, un peu comme deux troncs de flan et a sauté dans un taxi. Il avait l'air de souffrir le pauvre ! Mais quand même, il avait mon number et dans la soirée, j'ai reçu un sms, il s'excusait, il était aux Urgences, j'ai pas tout compris. J'étais contente qu'il me recontacte si vite !

— Et alors, t'as fait quoi ? Tu vas le revoir quand ?

— Ben j'ai fait comme vous m'avez appris, je l'ai laissé fariner toute la soirée. Et le lendemain, à ma pause, je suis allée à côté du salon dans un sex-shop où ils font plein de promos pour les fêtes. J'ai acheté un costume d'infirmière hypersexy, à lui coller un infractus. Dans la cabine d'essayage, j'ai fait un selfie et je lui ai envoyé avec un mot : « Soins à domicile ? »

— C'est pas vrai, tu me tues ! Il t'a répondu quoi ?

— Il m'a envoyé : « Avec plaisir ! Samedi soir ? » et son adresse !

— Fais voir, il habite où ?

— J'ai regardé sur un plan, juste à côté des Champs ! ! !

— Des champs de quoi ?
— Ben Kim, des Champs-Élysées !
— La vérité, mais t'as carrément touché le jackspot, Pam. Quelle chance !
— Moi je dis, ça s'arrose, les fille, ce soir, on fait péter le champagne, non ?
— Carrément. Faut que je m'habitue.
Pam rayonne, ses copines la regardent avec envie et une pointe de jalousie quand son smartphone vibre.
— Eh les meufs, c'est son numéro ! Il m'envoie un sms ! ! ! Attendez, c'est bizarre... on dirait que...
Amélie surexcitée, lui arrache le portable des mains.
— Il dit quoi, fais-voir ! ! !

*"Les mecs, je ne suis pas tombé que sur le coccyx en début de semaine. Mais aussi sur une cruche first classe. Faut que je vous la présente. Ça fait longtemps qu'on s'est pas fait une dinde party. Je suis sûr qu'elle a des copines. Si vous êtes dispo, on se programme ça samedi soir ? Tenez-moi au courant. Moi, je n'ai qu'à la sonner : Jingle bells, jingle bells. LOL. Elle n'a pas la lumière à tous les étages, même mes guirlandes de Noël sont plus brillantes. Flo"*

Silence de plomb, Pam est livide, Kim lui prend la main et Amélie lui tend un kleenex. Putain de smartphone, combien de fois elles se sont plantées de destinataires, surtout bourrées à 3 heures du mat' ! Là, c'est l'alerte grand froid autour de la table. Pam est aussi figée qu'un bonhomme de neige. C'est pitié. Puis, tandis que Maria Carey beugle *All I want for Christmas is youuuu*, Pam se lève et lance :
— Je m'en fous, je l'emmerde avec un grand A !

## Embûche de Noël

Le soleil se levait, chaud pour un 22 décembre. Nous étions toutes les quatre affalées sur des chaises longues, passablement éméchées. Milie, pour la troisième fois, me chantait du Eddy Mitchell à sa sauce : « La fille aux yeux couleur mojitoooo… », pendant que j'en sirotais un autre, Maud dansait et Sylvie faisait des confettis aux ciseaux de toutes les photos de son ex. Patrick, le pote chez qui on passait le week-end, avait fait tomber le pull et coupait du bois. Je fis un signe aux filles.

— Eh, vous trouvez pas qu'en tee-shirt moulant, légèrement en sueur, il ressemble à Marlon Brando dans *Un tramway nommé Désir* ?

— Mais carrément !

On reluquait donc tranquillement notre bûcheron quand je vis débarquer dans le jardin un grand échalas que les vapeurs d'alcool m'empêchèrent de reconnaître tout de suite. Merde, pourtant c'était bien lui. L'inspecteur au nom imprononçable ! ! ! D'habitude, il portait des costumes aux couleurs improbables, mais là, il était en noir jusqu'au chapeau. Maud s'exclama que c'était pas la peine pour le croque-mort, qu'on avait pas encore atteint le coma éthylique. Fou rire des filles. Jusqu'à ce que je leur dise de se taire.

— Déconnez pas, c'est un flic ! Il m'a interrogée plusieurs fois et me suit depuis cette fête dantesque dans mon immeuble. Vous savez, celle qui a fait clamser le clebs de ma voisine et qui l'a envoyée à l'asile. Où elle est encore internée. Lui a toujours été persuadé que j'étais à l'origine de ce macabre canular, sans pouvoir le prouver. Depuis, je le croise sans arrêt.

Au mot « flic », Patrick, un peu entamé par le whisky, s'était redressé, menaçant, hache à la main et Sylvie lui avait adressé un « Non ! » muet mais ferme. Il vint s'assoir près de nous et s'alluma une clope, l'air mauvais. Je lançai un bravache :

– Inspecteur Panini, quel bon vent vous amène ?
– Prijgany...
– Ah oui. Et donc ?
– Mesdames, monsieur, il faut que je vous parle.

Silence lourd et inquiet. Milie, avec son plus beau sourire, lui tendit un verre.

– Un mojito, Inspecteur Reggiani ?
– Prijgany.
– Oui, bon, z'avez soif ou pas ?
– Je ne suis pas là pour ça... En fait, il se trouve que je suis Mlle Zab depuis un moment. Et que, fatalement, je me suis intéressé de près à chacune de vous. J'ai dans ma poche la liste des victimes de vos forfaits, si toutefois vous avez besoin de preuves. On peut dire que vous ne chômez pas et gare à ceux qui vous emmerdent, hein ?

Sylvie, blême, nous regarda et lui lança, droit dans les yeux :

– Et qu'est-ce qu'on peut faire pour vous, Inspecteur Penjabi ?
– Prijgany ! Bon sang, c'est pas compliqué ! Eh bien, j'ai un problème. Ma femme me trompe. Enfin, elle me trompe souvent et depuis longtemps, mais là, elle n'est pas rentrée depuis trois jours. Et je sais qu'elle est avec son amant, le Père Noël.

Bien sûr, éclat de rire général. Manifestement, nous n'étions pas les seules à avoir abusé de la picole.

— Enfin, pas vraiment le Père Noël, un intermittent qui bosse pour le Printemps, où ma femme fait ses courses de fin d'année. Je les ai surpris l'autre jour dans un recoin du magasin, s'embrassant à pleine bouche et l'air extatique de Julia, mon épouse, m'a étouffé de chagrin. J'ai besoin de votre aide. Enfin, de vos... talents et de votre imagination débordante. En échange de quoi, je mets tout ce que j'ai sur vous au feu.

C'est alors que Sylvie, notre inspiratrice au visage d'ange, s'est penchée vers lui en lui murmurant qu'elle savait exactement ce qu'on allait faire.

**24 décembre, 23 heures**

Le piège est tendu. Nous avons envoyé une lettre bien larmoyante à Roméo Hisse (véridique, le nom de l'intermittent bourreau des cœurs) le suppliant de venir à l'adresse indiquée pour égayer le dernier Noël d'un petit garçon leucémique. Oui, c'est vraiment moche, mais en cas de force majeure, on piétine un peu nos principes.

Milie, faute de menthe, a préparé un punch à tomber. Je suis dehors en embuscade avec Maud, toutes deux planquées derrière l'abri de jardin. Une échelle est dressée contre le mur arrière de la maison.

Quelques coups à la porte et Sylvie, tout sourire, ouvre au Père Noël, lui offre un punch bien tassé, puis après quelques minutes, regardant sa montre, lui enjoint de monter sur le toit.

— Je vais bientôt réveiller mon petit garçon. Utilisez l'échelle, glissez-vous dans la cheminée pendant que j'installe les cadeaux. Vraiment, je ne sais comment vous remercier. Voilà la somme convenue. Et merci encore. Vous faites un métier merveilleux...

Le Père Noël sort, grimpe à l'échelle et au moment où on le voit disparaître dans le conduit, Maud et moi nous précipitons pour refermer la lourde trappe derrière lui, dûment cadenassée.

**Minuit**

Patrick nous a fait une magnifique flambée, les bûches commencent à crépiter. Nous sirotons nos punch, hilares. Quand les cris de Roméo se sont faits trop bruyants, Sylvie a monté le son de la musique et un sonore *All I want for Christmas is youuuuu !!!* a retenti.

Rien de mieux qu'une chanteuse à voix pour ne pas éveiller les soupçons des voisins.

# Qui s'y frotte s'y pique

Eh ben mon vieux, je fais pitié ce matin ! Grisâtre, le poil clairsemé, avachi... Y a rien à faire, j'ai toujours l'air négligé. Même le Dalaï Lama et sourire niaiseux se mettrait aux antidépresseurs s'il me voyait. Néanmoins, je dois être à la hauteur de ma mission, alors je me redresse et j'essaie de prendre un air accueillant. Il faut que je me secoue, un peu de dignité, bordel ! Bientôt l'heure où ils vont tous arriver. La jolie standardiste, qui sautille d'un pas primesautier, emplissant l'air de son parfum poudré.

Le patron, un gros loser qui me ressemble, le pas lourd, lui aussi a l'air au bord du burn out. Il me jette de temps à autre un regard torve et las, en soupirant.

Le stagiaire, musique dans les oreilles, qui débarque en skate, et dont j'envie l'aisance, l'enthousiasme et surtout la jeunesse ! Je l'aperçois souvent rôder autour de la nouvelle secrétaire. Ils sont tellement mignons ces deux-là.

Ayeu ! Voilà l'autre saloperie, je la déteste cette teigne, la DRH et ses talons aiguilles, aussi pointus que sa face de rat. Elle, elle me regarde, m'épie, me jauge, toujours d'un air mauvais. J'ai l'impression de lui filer la nausée. Elle meurt d'envie de me remplacer, c'est flagrant. Ça y est, ils sont tous passés. J'ai quelques heures à tuer avant l'heure du déjeuner. Ils débouleront alors tous en trombe et me bousculeront. Moi, je serai toujours là, étalé, l'air idiot, affichant ce sempiternel « Welcome » qui me rend marteau et que tout le monde trouve d'un ringard absolu.

Mais quel est le con qui m'a réincarné en paillasson ?

# Remerciements

À mon gang de killeuses, inspiratrices, lectrices, complices, amies de plume et de cœur, qui sont près de moi chaque jour, même de loin,

À ma famille et aux enfants petits et grands,

À celles et ceux qui me lisent depuis quelques années maintenant, m'encouragent avec bienveillance, rient à mes bêtises et s'émeuvent à mes chagrins grands et petits...

Au chômage, qui m'a poussée finalement à réaliser mon rêve d'écrire et à changer de vie au lieu de me laisser croire que j'étais bonne pour la casse. Après tout, mieux vaut en rire !

Et aux nouveaux lecteurs, qui j'espère passeront un bon moment avec ces nouvelles, tristes, gaies, absurdes, comme la vie.

# Sommaire

librinova
www.librinova.com

Achevé d'imprimer chez Sobook le 12-01-2018
LINSELLES - FRANCE

N° impression : 466 775